桂岳诗派

王先霈/主编

万物都有一个安静的去处

◎ 剑男 著

华中师范大学出版社

新出图证(鄂)字 10 号
图书在版编目(CIP)数据

万物都有一个安静的去处 / 剑男著. -- 武汉：华中师范大学出版社，2024.12. --(桂岳诗派 / 王先霈主编). -- ISBN 978-7-5769-0615-8

Ⅰ.I227

中国国家版本馆 CIP 数据核字第 20242HL803 号

万物都有一个安静的去处
WANWU DOUYOU YIGE ANJING DE QUCHU

ⓒ 剑 男 著

责任编辑：张怀东	**责任校对**：童 雯
封面设计：罗明波	
编辑室：学术出版分社	**电话**：027-67863220

出版发行：华中师范大学出版社有限责任公司
社址：湖北省武汉市洪山区珞喻路 152 号　　**邮编**：430079
销售电话：027-67863426(发行部)
网址：http://press.ccnu.edu.cn
电子信箱：press@mail.ccnu.edu.cn

印刷：武汉精一佳印刷有限公司	**督印**：刘 敏
开本：880mm×1230mm　1/32	**总印张**：98.125
版次：2024 年 12 月第 1 版	**印次**：2024 年 12 月第 1 次印刷
总字数：1950 千字	**总定价**：898.00 元(全十二册)

欢迎上网查询、购书

敬告读者：欢迎举报盗版，请打举报电话 027-67867353

ISBN 978-7-5769-0615-8

《桂岳诗派》编委会

主　编　王先霈
顾　问　蔡红生
主　任　秦　恒　付义朝
副主任　钟文锐
成　员　李　晶　谢　琴　魏耀武
　　　　　周　义　宋汉涛　沈　思
　　　　　任梦璐

前　　言

校园诗人历来是当代中国文学的一支劲旅。从桂子山走出去、现已故去的知名诗人，新体诗有光未然、曾卓、董宏猷等，旧体诗有陶军、黄弗同、佘斯大等。目前活跃在诗坛上的则更多。

华中师范大学党委宣传部和出版社从校园文化建设的角度出发，策划出版《桂岳诗派》一书。华中师范大学出版社于1997年到2011年曾陆续出版过名为"桂岳书系"的系列丛书。该丛书编辑出版的目的在于"从根本上强化学校的建设，使高等学校稳稳地站立在文化的峰顶"。因此，这次策划出版《桂岳诗派》，在拟定选题名称上也借鉴了"桂岳"之名。

本套书在入选诗人的标准方面，经过多次讨论，最后确定的原则是：其一，只选目前健在的诗人；其二，以中青年诗人为主体，部分年长的诗人只要创作仍然活跃，亦可选入；其三，既可以选新体诗人，也可以选旧体诗人；其四，以华中师范大学校友出身的诗人为主体。秉承上述原则，刘益善、谢克强、李少君、张执浩、李强、余仲廉、邹惟山、段维、姚泉名、胡均华、剑男、易飞的优秀诗作入选《桂岳诗派》。12位诗人中有10位为华中师范大学校友，个别诗人虽未曾在桂子山求学、任教，但长期关注、支持华中师范大学诗教工作，高度认可"桂岳诗派"，为展现华中师范大学诗教工作既立足桂子山，又走出桂子山的博大和开放理念，我们也谨慎将之选入。

从入选的 12 名诗人的诗体来看，新体诗人占了 9 位，旧体诗人只占 3 位。这与当下新体诗的"强势地位"是吻合的。但新旧体诗从来不应该对立，而应该相互借鉴、相融共生。从诗歌的源头来看，旧体诗是新体诗的源头。新体诗在"五四"时期才从旧体诗的母体中分娩出来，自立门户。旧体诗有 2500 多年的历史，而新体诗的历史不过百年。现在就说新体诗一定会比旧体诗有前途，恐怕太过武断。新体诗还在不断嬗变中，将来走向何方谁也说不清楚。但可以肯定的是旧体诗不可能消亡，它会在不同时代因融入时代特色而卓然生辉。当然，新体诗完全可以从旧体诗中吸收有益的营养，发挥旧体诗所不具备的相对自由表达的优长，不断地去完善自己。从历史上来看，那些著名的新体诗的倡导者如胡适、闻一多、何其芳等，其旧体诗功底都极为深厚；而像徐志摩、戴望舒、余光中、郑愁予等，其新体诗中都充盈着旧体诗的元素。

刘益善从华中师范大学毕业后，长期在文艺单位工作，曾任湖北省作协副主席和《长江文艺》杂志社社长、主编，培养过众多的作家和诗人。他的《翠柳街》主要是对当下日常生活的思考，遥远乡村岁月的记忆，浩浩长江上的感悟，革命年代人事的叙写，是一种多声部的合唱。作者用朴实晓畅的诗句，书写了城市繁华中那留在小街的乡愁，乡村振兴后那遗留在一隅的旧屋，那挂在奔腾的万里长江江面的夕阳，大别山里的一响而聚众四十八万的铜锣，民主人士的最后演讲，深藏功名六十五载的老兵。诗里有长吟、有短咏，充满了激情和深情，有不绝如缕的思恋。

谢克强是一位相当活跃的诗人，曾任湖北省作家协会驻会副主席、《长江文艺》副主编、《中国诗歌》执行主编，对于作家和诗人而言也是一位知名的伯乐。他的诗集《风从故乡来》所收作品主要是其近期所作，无论是故乡的风、父亲的土地、母亲的炊烟、儿时的往事，还是阔别多年重回故土的万千感怀，都使诗人将乡情乡愁作了一番诗意的诠释。这种诠释已不再是乡情乡愁，而是一种根的哲学、一种人生与命运的诠释。诗人以质朴的语言、真挚的情感、不凡的构思，将实与虚巧妙结合，更将具象升华为意象，不仅营造出诗的情感境界，也使诗作获得美的意蕴，因而既给人以思想启迪，又给人以审美愉悦。

李少君曾任《天涯》杂志主编，现为《诗刊》主编，不少新体诗人视其为"掌门人"。《心学集》是他二十多年来的诗歌结集。二十多年来，他从天涯海角到京城，从祖国大地到世界各地，以诗为证，描述所见所闻，记录生活印迹，抒发内心情感，留下思考感悟。他遵循的诗歌原则是：诗歌是一种心学，诗歌更是一种情学，诗歌应该为世界提供意义；在勤奋开拓和孜孜劳作中，在人与诗的互证中，可以诗意地栖居在世界之上。

张执浩是一位新锐诗人，现为湖北省作协副主席、武汉市文联文学院院长，曾获第七届鲁迅文学奖。《每一次告别都是阳关三叠》收录他21世纪以来创作的自己比较喜欢的作品,侧重于呈现日常生活中的情感面貌,在对亲情、友情、爱情的书写中,呈现出诗人成熟浑厚的语言技艺,展现出轻言细语、委婉随性的美学质地,并由此形成了诗人"目击成诗,脱口而出"的诗歌风格。

李强是一位公务员出身的诗人,据说其爱诗成癖,真的到了看淡名利的境界。其诗集《武汉来了》分为上下两辑。上辑写"第一家乡"红色苏区龙港,下辑写"第二家乡"英雄城市武汉,这几乎囊括了作者全部的人生。写龙港的纯粹一些,作者梦回童年、少年,看山水草木、人情世故,如一首美丽的乡村咏叹调。写武汉的丰富一些,诗人从17岁开始读书工作于此,任职于省、市、区三级党政机关,以及大专院校、国有企业,对武汉的感受是整体的,又是具体的,他的诗如一首英雄城市进行曲。

余仲廉是一位知名的慈善家,他创建的博昊基金会已资助贫困大学生两千多人。他也是一位颇有名气的文化人,在哲学、美学、书法和书法评论等方面均有相当深厚的造诣。他经历丰富、爱好广泛,写诗可能只是"余事",却出版了十几本诗集。他的诗集《我的所有》收录了其近年来创作的部分新诗,题材与内容很丰富,风格也十分鲜明。他以哲学思考着眼于存在,以哲学思维投注于生活,将身处世界、社会的所见所闻和所感所思以及对人生、自然、历史与文化等问题的思考转化成诗。因此,他的诗歌有着独特的思想感悟、深刻的人生哲理,不仅内在的思想相当突出,而且外在的感性也得到了保存,诗与思比较好地融合在了一起。

邹惟山是华中师范大学文学院的教授,以文学地理学研究和十四行组诗写作见长,曾任《中国诗歌》副主编、《外国文学研究》副主编、《世界文学评论》主编。他至少属于教学、科研、创作三栖人才。他于诗新旧兼修,又力图在形式上有所创新。《桂岳集》是他开始无韵自由体创作之后的第一部诗集,收录了他最近三年的部分诗作,大致以编年体的方式呈现。这些作品主要表现了他在行旅中的所见所闻,但并不限于目之所及和耳之所闻,而是可以由此及彼、由表及里,抒发了他对世界大局与中国命运的思考,以及对于人生意义与自然存在的探索,具有一定的深度与广度,同时也富于诗情与画意。

段维在华中师范大学出版社做了30年编辑,任副总编、总编近20年,后来改做党务工作,现为中华诗词学会乡村诗词工作委员会主任、湖北省中华诗词学会会长。他的本科、硕士以及博士学的都是政治学,但不少人最初以为他是学中文的。其诗集《一生知己是文章》收录了其在2021年1月—2024年5月间创作的旧体诗词作品。他称自己的创作题材大致有三类,简称"三园",即"故园""校园"和"政园"(时政诗)。他是一个有着明确目标追求的旧体诗人和诗学研究者,在守正创新方面取得了较好的平衡。他的时政诗一开始主要采用七律体裁,探讨意指的多重性和句式的多样性,后来这种风格也渗透到其他题材之中,被诗评界称为"不言体"(段维字不言)。而在词的创作方面,他又尽量保持词之要眇宜修的本性,尤其是小令还保留着花间词的气息，长调则呈现豪放与婉约兼具的特征。他的故园诗词，对父亲的书写别具一格，这是其他旧体诗人很少涉足的题材。他对校园诗词有着自己的定义，认为校园诗人所写的诗词并非一定就是校园诗词，而是只有写出了校园特色的诗词才是校园诗词。他写的学生宿舍搬家、学生晒被子、学生云上毕业论文答辩、校园防疫等题材，无不深入师生的个性生活之中。

姚泉名早年从事语文教学，现任中华诗词学会乡村诗词工作委员会副主任兼秘书长、湖北省荆门聂绀弩诗词研究基金会代理事长，可谓是专业的旧体诗人了。其诗集《掬来一捧手如蓝》收录了其在2010—2023年间创作的诗词作品400余首，在"雅正出奇，求正创新"的理念下，他以传统诗词抒写古今之事、感发天地之音。其笔下的人事景物，无不是其在游历过程中对历史的追索、对时空的叩问、对禅道的妙悟、对山水的感知、对民情的回放、对风俗的描绘、对朋友的酬唱、对世事的体会。他的作品创造性地融合古今元素，恰如其分地将当代思维与时代语言揉入古典诗词创作中，既展现了传统诗词的古雅之美，又呈现了当代格律诗词的活力。

胡均华曾经当过语文教师，当过公务员，也曾下海经商，经历丰富，现任湖北省中华诗词学会副会长兼秘书长。其诗集《云水禅音细细吟》收录了其在2015—2024年间创作的诗词作品400余首。他秉承"写真生活，发真性情"的创作理念，多取材于现实生活，从所闻、所历、所感的日常过往中生发诗意，既见家国情怀，亦具市井烟火气息。

其在艺术表达上追求情景相生、清新自然的风格，注重对中华诗词经典作品章法、技法的精研考究，并应用于指导当今诗词创作实践，倡导并践行传承与创新并行、读与写结合、入情入境的诗词创作方式。描绘诗意的生活，表达生活的诗意，是《云水禅音细细吟》所刻意追求和努力呈现的。

剑男在华中师范大学文学院当过刊物编辑和教师，是一位低调而勤奋的诗人，作品曾获丁玲文学奖、湖北文学奖。其诗集《万物都有一个安静的去处》收录了其在2015—2024年间创作的诗歌作品200余首。该诗集聚焦诗人故乡幕阜山的自然山水和风土人情，以及生存于其间的父老乡亲们艰辛而淳朴的乡村生活，集中展现了诗人渴望通过诗歌重建人与自然关系的写作理想。剑男的诗歌注重人对自然的深度介入，既有精神的高蹈，也有对生活现场的热情灌注。故乡的一草一木在诗人笔下回归自身，自然和人作为本体被再次发现，在对朴素生活的观察中渗透着深刻的思考。

易飞早年在报社做过记者，后来在杂志社做过总编，兼写长篇小说，近几年转为新体诗创作与评论。据他自己说"算是找到了感觉"。其诗集《傍晚下起了阵雨》是其2020年回归诗歌后的作品结集。其诗作题材丰富，风格不断变化，饱含热情、勤勉和朴诚的精神，引起诗坛关注。其诗艺渐至精妙，且日臻浑圆，不断有佳作出现。特别是其"亲人系列"作品，情感深沉，含义幽微，别开生面，余味厚重。他近年开启"易飞掰诗"评论系列，精读文本，从一个写手的角度直言自身感受,其庄敬、实诚、直接的论诗风格为人所称道。

　　以上只是对 12 位诗人的作品进行一种浮光掠影式的浏览,旨在为读者勾勒出"桂岳诗派"的总体形象:每一位入选者都有自己的特色,集合在一起会爆发出巨大的能量。武汉大学有"珞珈诗派",10 年前就树起了旗帜,影响不小。后起的"桂岳诗派"能否向"珞珈诗派"看齐,或者形成"比学赶帮超"的态势,则取决于华中师范大学诗人群体的共同努力。当下我国诗坛的诗派不是太多,而是太少,为什么不可以在学校提出建立"桂子学派"的同时,也建立一个影响广泛的"桂岳诗派"呢?同时,也希望我们的每一所重要的大学,都能结合自己的优势和特色,在这方面做出一个或多个样板来。

2024 年 6 月 28 日

目　录

第一辑　出远门的少年

隔窗远眺 / 003

一枝遗落的迎春花 / 003

玄鸟 / 004

有刺 / 005

前生 / 006

相似 / 007

春水 / 009

给父亲扫墓 / 009

夕光中的鹰 / 010

出远门的少年 / 011

我见过各种各样的蚂蚁 / 012

祠堂 / 013

陈万柏 / 014

残局 / 015

春天里的苗和草 / 015

藿香和紫苏 / 016

两只蝴蝶 / 017

题一帧旧照 / 018

秋丝瓜 / 019

春雨 / 020

栾树 / 020

秋夜的东湖 / 021

大雪将临 / 022

冬天黄昏即景 / 023

山中读书 / 024

牛筋草 / 025

洁白的鱼腥草根和牙齿一样白 / 026

我知道高处的水被什么存着 / 027

一块塑料草坪也沾上了黎明的露水 / 028

钉钉子 / 029

书籍与血泡 / 030

飞机留下的白烟 / 031

书院夜读 / 032

记忆一种 / 033

无题 / 034

平头坝的春天 / 035

四月的幕阜山 / 036

暧昧 / 037

杨梅 / 038

蝙蝠之歌 / 039

一 / 039

二 / 039

三 / 040

四 / 041

五 / 041

六 / 042

七 / 043

八 / 043

九 / 044

十 / 045

十一 / 045

十二 / 046

第二辑　在玻璃上写字

冬天的河流 / 049

风雪夜 / 050

秋天的山楂树 / 051

大雪，独居山中 / 052

黑蚂蚁 / 053

在玻璃上写字 / 054

蜘蛛 / 055

五元钱 / 056

野菜 / 057

诗人之死 / 058

从丁香旁走过的少年 / 059

黑暗有一刻是被照亮的 / 059

南瓜花 / 060

初夏的老瓦山 / 061

租一个月亮过中秋 / 062

枫叶大道 / 063

候诊 / 064

逃荒男人和他的孩子 / 065

即兴曲 / 066

秋夜咏叹调 / 067

中秋夜走在回家的路上 / 068

母亲的故事 / 069

林中 / 070

霾 / 071

参观蝴蝶标本博物馆有感 / 072

风光村简史 / 073

游白莲河水库看见一条鱼跃出水面 / 074

喜鹊 / 075

灯芯草 / 076

一个理想主义的柿子 / 077

两株扁豆苗 / 078

秋天黄昏的河岸 / 078

采药人说 / 079

哑巴的歌唱 / 080

蝴蝶与少年 / 080

彼岸花 / 081

银杏 / 082

荡漾 / 083

喜欢 / 084

河边往事 / 085

山中望雨——致魏天无 / 085

从半山寺回家 / 086

剪枝 / 087

假松 / 088

蒲公英 / 089

旱芦花 / 090

明月夜兼怀 XZ / 091

上弦月 / 092

沙漏 / 093

老电扇 / 094

一场雪和我们白头与共 / 095

麻雀 / 096

断章 / 098

黄龙岭 / 098

老房子 / 099

我喜欢轻的东西 / 100

冬日苦楝树上的麻雀 / 101

蛇蜕 / 102

车过上塘 / 102

第三辑　两河交汇处的村庄

草甸上的牛犊 / 107

雪花 / 107

信使 / 108

旧事物 / 109

蝉鸣 / 110

牛 / 110

乌桕之秋 / 111

秋天的河滩 / 112

走在秋天的山路上 / 113

河床 / 114

向晚的南江河 / 114

一枚被虫咬的落叶 / 115

白杨树上的南瓜藤 / 116

虫鸣 / 117

在双河客栈看星空 / 118

一九八四年夏天父亲来看我 / 119

立秋日 / 120

七月十日夜在半山寺 / 121

老樟树 / 122

鸬鹚 / 123

软柿子 / 124

与江边落日书 / 125

冷杉 / 126

坐公汽过站遇见和故乡同名的村庄 / 127

在江滩 / 128

蛙鸣之夜 / 129

感冒记 / 130

散页 / 131

    一 / 131

    二 / 131

    三 / 131

    四 / 132

    五 / 132

天将晚 / 132

冬天河边的茶花 / 133

老丁 / 134

论美的绝对性 / 136

鹰 / 136

星巴克咖啡和泛着水光的稻田 / 137

一树紫藤种在楼顶 / 138

耕田 / 139

中秋记 / 140

母亲不是一天变老的 / 141

新生 / 142

夜过山寺 / 142

烟花 / 143

枯草赋 / 144

乌鸦 / 145

杜鹃 / 146

听一个木匠谈论人生 / 147

两河交汇处的村庄 / 148

纸鸢 / 149

老虎 / 150

山洪 / 150

雁群飞过 / 151

芦苇 / 152

扫落花 / 152

走在老瓦山途中 / 153

采石场边上的树木 / 154

在屋檐下看雨 / 155

刮春泥的女孩 / 156

卷柏 / 157

天堂孤悬在空中，像旧梦一场 / 157

糖精 / 158

想起那年父亲带他去玉门关 / 159

琥珀 / 160

路边摊 / 161

椴木林和乱石滩 / 162

落日和星辰 / 163

为春天写首诗 / 164

书房记 / 165

致一座小木屋 / 166

第四辑　雁群飞过

年末和朋友在山中聊天 / 169

星夜 / 170

萝卜 / 171

湖边打盹的老人 / 171

转经轮 / 172

凝视 / 173

七月十四日晚路过石城村 / 174

黄昏的南江河 / 175

禾苗和杂草 / 175

浮云 / 176

雪中行 / 176

屋顶的炊烟 / 177

地笼 / 178

夜莺 / 179

晒稻谷 / 180

乌头花和蜜蜂 / 181

大风吹过 / 182

和汤养宗、徐家强等在南浦溪畔 / 183

开在春天的梅花 / 184

春天县城的街心花园 / 185

春日迟 / 186

一件旧针织衫 / 187

一株盆栽的三角梅 / 188

重回上塘 / 189

新年的钟声 / 190

秋雨 / 191

鲜花与牛粪 / 192

孤鹰——致阿信 / 193

捞月 / 194

神农架的麻雀 / 195

20 世纪 80 年代初夏的一个早晨 / 196

蝌蚪 / 197

在湖边 / 198

黑暗中总是一颗星点亮满天星 / 199

风筝 / 200

在老家祠堂 / 201

观看一则山火视频 / 202

高处的花草 / 204

黄龙山上的细流 / 205

路过一座废旧矿石坑 / 206

静止的时间 / 206

给你一朵蒲公英 / 207

惊蛰日 / 208

烛焰和轻烟 / 208

年夜火塘 / 209

冻雨 / 210

在他乡的山上 / 211

读西西弗斯 / 212

日照山林 / 212

回到旧屋 / 213

同怀 / 214

石碑 / 215

黄昏的河面 / 216

在三峡人家 / 217

火花 / 218

大幕山访樱花不遇 / 218

老瓦山雨后 / 219

春天小镇的夜晚 / 219

乡下的苍蝇 / 220

在咸宁仙鹤湖 / 221

如雪的月光 / 222

太阳雨 / 222

在黄陂曾卓纪念馆 / 223

风车的筛子 / 224

第一辑

出远门的少年

隔窗远眺

透过窗可看见湖水和挂在它腰上的观澜亭
湖面是碧蓝的
不是沧浪之水
不怀沙,不濯污浊之躯
也不洗肮脏之心
昨夜狂风肆虐吹过,浮萍堆在一起
还有黑暗的模样,昨夜雨水漫上她的脚踝
垂柳还在为她泛起的波澜心旌摇荡
但此刻,一切都是安详的,像一个人懂得
如何在喧嚣中和自己默然相处

2015 年

一枝遗落的迎春花

初春山中,一枝迎春花落在石板上

铁青的石板，似乎
刚刚在风中铺上柔软的青苔
这枝迎春花，似乎
懂得在寒风中坦然接受自己的坠落
在之前漫长的冬季里
我相信它的苦闷，当它全身心
投入春天的怀抱
像飞蛾，义无反顾
我相信这样的痛不足与外人道
就像一个中年人
在生活中坚强的面具，寒风和阳光
都不足以使它看上去
更加冷峻或温和，我
甚至相信那一小块柔软的青苔
其实是它一直渴望的
它也有着自己的春天
只不过这阵寒流偶合了它一生的宿命

2015 年

玄　　鸟

沉落的霞光回到水面上

它们不是为躲避黑暗,过渡的风景
是一只玄鸟,形单影只
它在余晖中彷徨,它是
我在这个黄昏看到的最高的事物
靠近了低矮的苇群,它
思想,或者不思想,但
它懂得的时间来临,它能不能就这样
飞行,直到看见黎明?
这是很多事物在孤寂中的话语
但我相信玄鸟能安度这黑寂的时光
以它的黑和不知疲倦的飞行

2015 年

有　　刺

保持足够克制,但一个唱反调的人
像一条鱼,时刻带着一身刺
包括与自己唱反调
这样把刺扎进自己身体的事物并不多
仙人球算一种,刺猬
无疑也是,这都显而易见

但一条失去自由的鱼
因为它深藏的细刺使我们如鲠在喉
却是源于我们的欲望
你再也无法忍受这令人窒息的生活
生出一根根刺扎向自己
也扎向那让你艰难呼吸
且不断膨胀的事物,这
是反向的欲望,天还没有黑下来,我想
我身上有刺也大抵如此

2015 年

前　生

行走在长安途中,在没有到达终南山之前
他们称我为布衣
大地春风吹动,绝望的人胸怀枯木
当我在长城脚下一块块砌我的青砖
泥灰扑面,他们称我是黔首
黑色头巾、灰色短袍,戍边的人东望余杭
很多时候,我是百姓,但当
我在生活面前一败涂地,他们又称

我为黎民。其实我最愿意的是做一个庶民
居住城郊,租种贵族的土地
假装上有片瓦,下有寸土
渔耕樵读,独乐山水。然苍苍然生草木
他们又称我为苍生
草木丛生处,何以是草芥?泯然为物
涂炭不尽的生灵,如果他们称我为氓
这个身份多么恰如其分,外来的,手无寸铁
被时代所隶役,不知何来何往

2015 年

相　　似

一辆破旧电瓶车在街边,在寒夜的露水中
这与一个流浪汉相似,孤独、无助
像一堆熄灭的火,向晚的风再也不能吹过
黑暗浑厚的胸膛

一个失意的中年人把爱遗落在月色中
这与一个遗落的誓言相似
疲沓的生活,不可靠的语言,难以立锥的

小巷,他要依旧奔波在困顿的途中

一面巨大的幕墙没有面容
它苍白的反光与一个女人苍白的日常生活
相似,如花的女人,她生活在
物质的阴影中,青春的光影也勾勒不出
她被金粉涂抹的余生

一个打工者买下他的九十九次彩票,每个
数字都与他幼年认识的相似
但每一次都错动了位置,像他不长的人生
每一步都踩空,一次又一次落入陷阱

一个酷似明星的少女因为
相似,从此成为另一个,生活中的模仿秀
可疑的红尘、假面,找不回的自己
灵与肉也如蛇一样在可怕的现实中独自穿行

而一条蛇,它与一座城市的冷血相似
在每个夜晚,每条街道,每一座茶楼酒肆
它的欢愉从不与那些艰难的呼吸回应

就像旧时代的上海,成为人心荒芜的孤岛
成为藏身之地,阴暗潮湿,把一个人

推入无从回望的迷离中

2015 年

春　　水

暖水带来如烟的柳条和如织的鱼苗
仿佛画梅消寒图上最后一瓣梅花落入河中
另一幅游鱼戏春图又漂在水面上
河水清涟，可以看见河底细沙有久困的白
小鱼的自由如河中草木漂动的倒影

2015 年

给父亲扫墓

墓地左侧有一条小路
向西通往十字窝、跑马场和沙堆镇
向东南连接着一个岔路口

一头伴着马岭水库
一头直达我们山下的老家
生前多病寡言的父亲经常和它们一起
出现在我的梦中
有时赤脚单衣在寒风中赶路
有时端着稀饭蹲在老家门前的枫杨下
我到这里给他上香挂纸
年前修葺一新的坟丘又长满茂密的新草
一位路过这里的本家老伯
犹疑地问起我的小名
说我的模样真像我父亲在世时的样子
我突然有种恍若隔世的感觉
想父亲如果此刻
能够从坟茔中起身,我们是不是
就像亲密无间的两兄弟

2015 年

夕光中的鹰

这只鹰在老瓦山中一身匪气
敢于在风雪中盘旋

敢于戳破天,敢于
立在枯枝上吃活物、食腐尸
它的眼中透着寒光
我怀疑天边的云彩
就是它点燃的。寒冷中扑向
火光的事物都是决绝的
这一只鹰也不例外
你看它在远天朝向
霞光寂寞而冥顽地滑翔,就像蛾子
带着自己的死亡在飞行

2015 年

出远门的少年

一个穿着布鞋的少年走在清水塘小镇上
枯黄的头发沾满黎明的露水
他打算偷偷去看望远在汉口打工的父亲
朝阳还没有升起,对他而言
这是富于暗示性的一日,就像新的征途
开辟,不复有穿越不了的崇山峻岭
他先在镇上给自己买了一袋麻花,然后

给父亲买了一条白沙牌香烟
他没有意识到汉口还只是印在清水镇
这座破败汽车站的发车牌上
他用一天一夜走出幕阜山,但仅用了半日
就快花光自己大半年积攒起来的盘缠

2015 年

我见过各种各样的蚂蚁

在乡下,我见过各种各样的蚂蚁
但我从不惊讶它们背负远超自身的重物
只惊讶它们比人类自律的社会性
在童年时代,我曾亲眼见过一列小黄蚁
从地面一直爬到家中斗柜的顶部
如墨斗弹出的墨线,看不出丝毫的散乱
我因此发现母亲藏在上面的红糖
一次次大雨前的黄昏,我也见过
一列黑蚂蚁沉默着,在门前沙地上急行军
狂风也吹不乱它们的阵脚
那年洪水过后的一个遍地狼藉的早晨

我还看见一列大头蚁悲壮地抬着死去的
同伴缓慢地穿过污秽泥泞的堤岸
那一年,我的三个小伙伴也失踪于
深山中的洪水,和那些死去的大头蚁一样
他们都没有见过雨过天晴的明天

2015 年

祠　　堂

南江河的开阔处种着刺槐、柑橘和栎木
路上面是祠堂,路下面是流水
道路随着流水伸进深山又拐向远方
祠堂里坐着祖先却不理人事
好多年前祠堂也是学堂
如今一切都消散了,没有书声没有戒尺
没有垂髫的儿童,没有年轻的女教师
也没有发育中的少年
只有刺槐和栎木的枝条在风中
抽打荒凉的屋顶,只有荒凉的屋顶旁的柿子树
长那么高,却结着寂寞的果子

提着灯笼，却不再有迷途的孩子经过

2016 年

陈 万 柏

路过田铺的时候，从幕阜山飘过一片乌云
因为乌云透出的光亮
它和前方的陈塘坳显得剑拔弩张
但拐过石壁矶，又成了相互搀扶的样子
送陈万柏的队伍在这里滑落了棺椁
人们说这是天意，便让陈万柏就此入土
他的妻子朱小娥说，陈万柏
这个剁脑壳的，总是做这样半截子的事
还没有到家，又醉倒在路旁
生前活得潦草，死后也是这样粗枝大叶
如今把我拉下，想从此一劳永逸
请大家帮我把他扶起来，这次无论如何
要让他知道回到自己的家

2016 年

残　　局

一切事情到中途都有可能变成残局
被雷霆劈开的大树
蹩断了腿的马,逐渐衰老的苦役犯
他们仍有生机,但
没有了与生活较量的力气
这样鸡肋般的日子仍得过下去
它们分别叫活着、渴望改变命运的挣扎和末路

2016 年

春天里的苗和草

每个人对世界的看法都不一样
比如在四月的南江河
到处开着明亮的油菜花
从路边横过来的一枝桃花不算搅局

水边整齐划一的芦苇
也不算守住了规矩
有人说春天就应该是这个样子
不止高贵的紫罗兰和
素净、典雅的薰衣草属于春天
南江河两岸的草是草
它长在阿尔卑斯山脚下也是草
密西西比河两岸的苗
是苗,它长在幕阜山下也是苗
油菜、桃花和芦苇如此
紫罗兰和薰衣草也是如此
如果草木可以划分
社会属性,那个间苗的人一定会
被遍地花草堵得心里发慌

2016 年

藿香和紫苏

我把藿香和紫苏种在一起
母亲说,你这是让小姐和丫鬟共处一室
藿香天性娇嫩,她小心照料着

水往一边浇,肥往一边施
但藿香总是柔弱地生长,不像紫苏根粗叶阔
母亲开玩笑说,难怪电视上的
小姐们弱不禁风,丫鬟却健壮结实
原来植物和人皆同此理
秋去冬来的时候,藿香和紫苏同时枯萎
母亲打算在上面栽上芥菜苗
要我将它们除去,可当我将它们连根拔起后
我发现紫苏已彻底枯死
而藿香的根部居然又长出了新叶

2016 年

两只蝴蝶

两只蝴蝶翻飞
两只经过痛苦蜕变
如今脱胎换骨的蝴蝶
我只能说它们像蝴蝶一样
在花丛中翻飞
我担心查问出身会使它们停下飞行
会使它们收敛起翅膀

徒留那些野花在荒原等待黑暗的来临

2016 年

题一帧旧照

两个人坐在一条石凳上咧开嘴傻笑
一个直着身子,一个笑弯了腰
为什么笑我已记不起来了,我甚至
怀疑我们曾经这样放肆大笑过
那时候我寄居在桂子山上,你
还为爱情在荆门和武汉两地间奔走
在镜头外面为我们拍照的天无
还像候鸟一样穿梭于湖北和海南岛
你能否用弹舌音告诉我为什么
笑得那么开心吗
那天你穿着一件
棕色的仿真皮夹克,天无穿着
一身干净的牛仔,我也郑重其事地
穿了一身廉价灰西服,应该是
有什么值得高兴的事情,但我怎么
也记不起来了,只依稀记得旁边

还站着天真和我家邓老师,只记得
那天天空神清气朗,阳光明亮
桂子山仿佛迎来了它尊贵的穷亲戚

2016 年

秋 丝 瓜

中秋八月,丝瓜上的叶子开始枯黄
而在它的顶端,一些藤蔓
还在继续生长,还有一根小丝瓜
刚刚脱落花蒂,如逝去的
光阴怯生生地停在青砖灰瓦的屋顶
一根丝瓜生于凉风渐起的
中秋,在高处犹疑地生长,如果说
它的生长也是在加速衰老
是否可以说这个丰收季节对它而言
也是一个衰落的季节,就
像一个人生于末世,他虽有痛击命运的
荣光,却也难免生不逢时的哀戚

2016 年

春　　雨

春雨泡软大地的时候，田野就绿了起来
仿佛一个人走在旧日小径
看见自己爱过的人又回到故乡
雨滴从高高的青蒿到低矮的蛤蟆叶
再到暗暗结着果的地泡，一切
都显得轻柔而温馨，雨水漂白的田野
铺开描红的练习簿，把你
和春天合二为一，嫩芽初生的手一再初生
梨花白皙的颈脖一再被雨水洗亮

2016 年

栾　　树

秋天的街道旁，栾树突然来到人们的眼前
昨天还跟其他树木

没有区别的栾树,突然从青绿的
枝头冒出硕大的花束
不仅给人带来春天的幻觉,还带来了色彩
分出了层次,从岔路口过来的人
都放缓了脚步,我也是
我一直就在岔路口,但我和他们
不一样,我不赞美,我只想问那些小灯笼
是如何被人从乡村提到城市上空的

2016 年

秋夜的东湖

我有一片湖水,在黄鹄矶以南
我有万顷碧波
在今夜的心头荡漾
长江至此不再有奔波之苦
孤独的异乡人至此有了怀念的水岸
我说它是一只明亮的眼
其实也是一片巨大的肺
我说它是喧闹的
其实也是寂寞的

你看那满湖清辉及清辉下的垂柳和灯火
那么多人在它周围
计算着自己的脚步
只有一个少年静静地坐在它的身边
心中怀抱着一片大海的梦想

2016 年

大雪将临

天突然变得安静,好像有黄沙弥漫
其实天空是干净的
屋后的枫树还挂着一些枯去的叶子
山上也是山火过后的颜色
有的在努力地活,有的在加速枯萎
女人在场地翻晾晒的蚕豆
男人在劈柴和搬动木桶一样的瓦缸
生活都排列在屋檐下
上面依次是腊肉、红辣椒、干萝卜
下面是干柴、瓦缸和草捆
接下来的日子也要像腌菜
困在瓦缸里一样困在寒冷的幕阜山中

但挖树蔸的少年还没回来
那些深埋的树蔸将会以火焰的
形状在白雪中再次活过来,但还没有
一个少年扛着树蔸走在山岗上

2016 年

冬天黄昏即景

道路还在,灯盏已经点起
事物并不十分清晰
也不完全模糊
鸟儿鸣叫着飞入林梢
挑粪桶的父亲刚好从油菜地返回
他手里提着一小捆
绿得发暗的油菜苗
跟万物归位的夜色相仿
这些过早分蘖的嫩苗
也将在这个夜晚归于贫穷的餐桌
但因为寒性太重
临近场屋前,父亲又扯下一串

悬挂在屋檐下的红辣椒

2016 年

山中读书

为了人类的思想和爱情，众多的巴特农神庙
诞生了，这是一个
叫布德尔的人说的
在八月的山中
香樟和漆树覆盖的寺庙住着幕阜山药神
这样胡读书显得不伦不类
像一个人把蜡烛吹灭，又问火焰在何处
一个人吃各种各样的药草
却不承认自己有病，我住在人世的草堂
清风从树梢掠过，我没有思想
看见松鼠摇着尾巴在树上跳跃
我也不需要爱情，我只需要这秘密的遭遇
风吹凉幕阜山，又吹走心中的恶疾

2016 年

牛 筋 草

在幕阜山一带，到处可见到牛筋草
跟很多言过其实的草不一样
这是名副其实的杂草
没什么用，但根扎得深，充满韧性
它一般生长在荒瘠硬土上
长条叶、细茎，易弯难折
牛也不爱吃，常常被人用来逗蟋蟀
因为艰难地长在薄地，所以
很少看见它有嫩绿的模样，也很少
见到它们茂盛地长在一起
我小时候随父亲开荒时除过这种草
荒地上每隔不远就有一蔸
彻底清除需要借助锄头
它们的地面距离是由地下的根须决定的
大的可铺展达一个平方
在那块开出的荒地上，父亲种上了油菜
开春后也有牛筋草长出来
茂盛、碧绿，轻轻一扯就可连根拔起

但茎叶已远不如从前坚韧

2017 年

洁白的鱼腥草根和牙齿一样白

我见过的鱼腥草长在阴湿山地
我见过它的药性
它的汁液被敷在一个人腮帮上
缓解他的牙疼
鱼腥草连根拔起
洗净,切碎,然后用土布包裹
用木槌一遍遍
敲出它的汁液,然后涂上腮帮
看他从红花脸
变成青面兽,看他
歪着嘴说生命中最坚硬的东西
如何在冷热酸甜中
变得脆弱,看
他回头拖出一竹筐鱼腥草,说
多好看的植物,叶如荞,茎紫赤

洁白的根像牙齿一样白

2017 年

我知道高处的水被什么存着

山有多高,水就有多高
走在山中,我知道什么地方有泉眼
最高的地方水被什么存着
大地干渴,树木通过什么往回
输送生命的汁液,知道
再小的树下也有一块湿润的土
再皲裂的土下也有岩石
渗下清凉的水滴,土壤为花草树木
提供养分,花草树木也
为土壤储藏着养命的水
更高处的水通过苔藓而储存
而在最高的山顶,水以冰雪覆盖的形式
显示天空与大地古老的依存

2017 年

一块塑料草坪也沾上了黎明的露水

清晨穿过工业园区,一块塑料草坪
也沾上了黎明的露水,大地
有了这样一块皮肤,便和原先的荒地
有着截然不同的形状,没有
青草的气息,也不能留下脚印
但铺得平展,也有露珠微明的反光
像合法的假面从此获得
一劳永逸的赞誉,倒是在草坪
西北角的两只狗,一只黄,一只白
它们躺在那里,一动不动
如被人挖开的两堆沙土,使这块塑料草坪
呈现出了某种自然的真实

2017 年

钉 钉 子

在没有使用锤子之前,我用过刀背和斧头
往物体上钉钉子
锤子粗鲁的性子它们全都有
但经常有劲力使偏的时候,有时还会伤到
扶着钉子的手,后来我买了一把锤子
虽然没再伤过自己,但它也
同样砸歪过钉子,砸坏过墙壁、椅背、桌脚
以及一些木板和铁皮,每次
砸坏东西我都很沮丧,后来
我发现,钉子虽然可以稳固事物
但钉本身就是一种破坏的行为
无论是刀斧还是锤子,只要砸下去
它都不能避免给事物带来伤害
我就再也没有往任何事物的体内钉过钉子

2017 年

书籍与血泡

离开幕阜山后,我的手就没有被磨起过血泡
但就在今夜,在我动身回
故乡的前夜,我的手被磨起一个血泡
是书磨的还是绳子磨的,我不能确定
我能确定的是堂兄要我带回那些废旧的图书
以供他做鞭炮
轻薄,抑或沉重
我把它们打上十字架,像从前在乡村
捆柴火,勒了又勒,血泡好像就在这时涌起
书籍和血泡,看似不相干的事物,就要
在今夜和我一起回到故乡,这回是真的把书
又读回去了,包括半个书架的教材
三捆朋友们的诗集,我带着轻微的疼痛,用
牙签挑破手上的血泡,血滴落在书上
不再那么鲜红,像兑了水一样,浸不透覆上膜的
书籍,痛甚至也有些陌生
每个人都有自己的血
那些旧教材是谁的血,那些
我再也读不动的诗集是否也是,我

这样把它们送往乡村,这是不是罪过,如果
它们被卷成一盘盘填硝埋药的鞭蛹
在年关迫近的村庄里被点燃,并炸成碎片
这是不是我们对它们最好的祭奠,就
像最好的文字终归要和血液在天空高高飞扬
也终归要回到尘土飞扬的大地

2017 年

飞机留下的白烟

天空中有一道白烟
刚开始是直的
像某人精心
画出的一条细线
慢慢地,它向西边散开
像弹开的棉花
其实,除了这道白烟
天空万里无云
但白烟一直向西飘
并开始呈现出不规则的弯曲
令人惊奇的是它也

开始断断续续
像一幅宏伟的蓝图
被人无端剪去
一截又一截,最后成为
若有若无的飘絮

2017 年

书 院 夜 读

神放下天梯,在光明和黑暗之间
那么多的人生,我们
仿佛同时在经历
晦暗的是风吹过书院廊庑的碑石
却不能把历史的拓片
吹得更加清晰
明亮的是夜晚室内如萤的油灯下
仍有一手按住腹部一手奋笔疾书的书生
拿自己的良心同时代以命抵命
在书院的每一个夜晚
我仿佛都可以看见硬骨头和软膝盖
成群结队地从厚厚的线装书中走出

然后悄悄地消失在黑暗中

2017 年

记忆一种

我一直记得老家李家湾的地理分布
记得哪个路口连接着哪户人家
记得谁家门前有河流,有果树
记得山中什么地方长着野柿子
记得哪座池塘旁边长着脚梨或树莓
毛栗最多的山坡在哪里,毛桃
和什么共生一处,哪里的茶泡最甜
哪里的柚子最苦
饥饿的胃被时光拎在手上
记忆更深处是一群
从江北逃荒来的安徽人,他们
傍晚歇息在河边砖塔下,用油桐叶
包着金刚藤根块放在灰烬中煨
黑暗中他们咿呀地唱起黄梅调,几乎
所有唱腔都带着饥肠辘辘的味道

2017 年

无　　题

生命
总是跟某种东西纠结在一起
我不能说得更清楚
睁大眼睛
也不能把它面目看得更清晰
这一年
亲人一个接一个辞世
我发现在幕阜山
肉身的苦难大过灵魂的苦难
只有时间能解身上的毒
在命运收回
瞳仁的那一刻
把人生的累赘带回
像晚星带回曙光散布出去的一切①

2017 年

---

① 像晚星带回曙光散布出去的一切，萨福的诗句。

平头坝的春天

在平头坝,我藐视集体出现的东西
包括暴雨前归巢的鸟
不夹带一丝杂色的紫云英
成片的二月兰,十里飘香的桃林
我藐视把春天集中于一处
把兰草从山中挖出
把映山红移栽到路人可见的山坡
我藐视思想的贪婪
把春天理解为繁花堆积
也藐视来到平头坝的集体欢呼声
和在平头坝上给麦苗
除草的人的集体沉默
我喜欢的春天是平头坝人的春天
悬在幕阜山的尾巴上
花蕊在地米菜中最先展开
欢悦在有人烟的深山
最先涌出,走一阵路就觉得身上棉袄是多余的
藏在坝底的野水仙也忍不住心花怒放

2017 年

四月的幕阜山

众生平等
但万物从来不在同一高度上
有燕雀,也有鸿鹄
有山间深潭,也有峰顶平湖
有半天洒下的日霖
也有土地上劳命的汗水
在四月的幕阜山
高处的仍被捧在高处
低处的仍被按进深深的泥土
蓝天白云不能平等
匍匐在大地上的草木
也不能平分贫穷带来的悲苦
有人远道而来,为
满山的红杜鹃欢呼雀跃
也有为豆苗小麦
施草木灰的人在山脚下低头弯腰
罔顾春上山冈的事实

2017 年

暧　昧

柳条轻拂水面,平静池塘泛起
一圈又一圈的涟漪
其实柳条只是工具
但它的细腰要忍不住轻轻扭动
风吹动柳条,柳条
撩动春水,但风从什么地方来
又是被什么力量所驱动
我们可以像好学的
小学生一直问下去
直到把牛顿赶到上帝那里
但柳条不回答这些问题,风也不
只要有撩拨,水
照样荡漾,散开又聚拢
似乎春天的蠢蠢欲动
都源于万物这样相互的暧昧

2017 年

杨　梅

堂兄屋前长着一棵杨梅,真正
能望而止渴的植物
如今已挂满了果,诱人的暗红
正在不停地复制一个人
童年的欢乐——我在早上
偷吃了一颗,到现在
牙齿都咬不了东西
其实这是一棵被改良的杨梅
和童年牙酸带来的快乐不可同日而语
但时代的进化并
不能改变人们贪婪的味蕾
就像酸是杨梅的本性
红得发紫也不能洗白它的原罪
就像堂兄说再过七天
这树杨梅就会变得爽甜可口,我们
仍然会使劲咽一下口水

2017 年

蝙蝠之歌

一

蝙蝠藏身在哪里？黄昏时突然大面积来临
它们的飞行多么可疑，有翅
但没有羽毛，像一群没穿衣服的丑陋男孩

我相信这个秋天黄昏是纹丝不动的
晾衣的绳，结满豆角的豆架，出挑的屋檐
孤独的电线杆，卡在树杈间的月亮
这一切说明它们的行为有多么冒失和冲动

如果我说它们是一群习惯于黑暗的孩子
无法忍受人世的喧闹，黄昏
是否就是它们粉嫩肉身避免被窥视的衣衫
像一个诗人在黑暗中的修辞练习

二

不闻不问，俯冲啊

不徐不疾,滑翔啊
不卑不亢,飞行啊
那些年,大地上有多少这样的执拗和冥顽

在沉闷的乡村夜晚,在风暴来临前的黎明
在和它们一样轻若无骨的时代
起身民间,止于王庭,渴望挣脱卑微的出身
厌恶自己的影子,又期盼留下脚印

仿生学的急转弯、急刹,避过远空的高压电线
但醉心于混乱中的惊险、刺激

三

如果其中有一个叫安徒生,这个贫民区的
孩子,他父亲在钉鞋的间隙
一定忽略了他的饥饿
他正在洗衣服的母亲一定忘记了他的孤单

他心中一定有一个幽暗的洞穴连接着东方
这个幽暗的山村,在
黄昏的林梢、屋檐,被蚊子的
细长针脚扎进弱小的手臂,忘记肉身的疼痛

一定是蝙蝠在夜幕下的剪影给了他想象

一定是生活的落差给了他痛楚
因无法振动的翅,在寂寞的大海里喂养人鱼

因为黄昏寒凉,一个孤独的女孩在屋檐下
划亮了她手中最后一根火柴

四

活在飞禽和走兽之间
含混不清的出身以及无情世道给予的宿命

像四十年前南江河两岸被洪流孤立的
一群孩子,四百年前躲避乱世的
一群志士,不再在昏厥中斗争和思想

它们挂身洞壁、屋檐、树丫
苦役来自无法立锥的人世,来自从来不需
宣判的、内心的刑罚

它们的血一定是沸腾的,只有这样
它们的肉身才能抵御不断冷却下来的黑暗

五

一个冷雨细密的黄昏,被秋风吹动的竹梢

在裸露的高压电线上刮出火花

借助它危险的光亮,我看见蝙蝠
内心狂热地飞行,是如何与雨丝急促斜织
它们轻易穿过摆动的树杈,绕过
屋角高大的草垛,像一群初春忘归的雨燕

我相信它们身上装着导航仪,速度和力量
可以通过内心来驾驭
像一个倔强的少年,他的愤怒从不

减缓,但那根长长的引线,另一端要被生活
屈辱的泪水浇灭,或被半夜梦幻中
伸出的那只手摁紧

六

我愿意称它们为鸟,一群患狂想症的少年
就像我们不愿意
把一些人称作人而叫禽兽

就像残酷的人世
永远也不会和一群偏远的避世者锱铢必较

七

在那些暗下来的动荡时光中,它们除了飞行
就是将身体倒悬在阴暗潮湿的
洞壁上或乡间瓦屋黑漆的角落里惩罚自己

如果是巨大的痛苦逼迫它们自虐
如果是无法解开的结又使它们冲动地飞起
这难以认命的身世

前生老鼠的身,今生苍鹰的心,给它翅膀
却不给它飞翔的羽毛,我不相信
蝙蝠撕不开的夜幕是命运暗中给它的诅咒

八

早上,一只被黑夜遗忘的蝙蝠
躺在一角屋檐下的土场上,褐色茸毛沾满
隔夜的露水,如一个幼年失去父母的孤儿

它清澈而绝望的眼神
使我想起那些在战争和疾病中的非洲儿童
作为插页被印在现代文明的书籍上

柔弱是自己的柔弱,残忍
则永远是这个世界的残忍

当一个小孩小心翼翼地将它转移到一块阳光
可以照到的荒草地上
接下来的命运,就是自生或自灭
所谓怜悯也只不过是人类廉价的同情心

九

蝙蝠是一群习惯于黑暗的精灵——
人世有多少这样的诛心之论

黑暗抱紧自己沉睡,阳光从
不曾驱散它心中的寒冷,但当生命被习惯
我想一定是出于被逼迫或纵容

当蝙蝠掠过黄昏时的豆架、屋檐和孤独的
电线杆,它的快乐
一定是来自躲过白天的恐惧
当它藏身洞穴或阴暗角落,它的恐惧一定
是不容于这个世界的冷漠

十

它们在寓言里飞行
在权力和政治的漩涡中飞行

但在乡村,当草丛灰兔沿着山腰向上奔跑
鸟雀跟着落日飞进山麓的林梢
我从来没有见到过蝙蝠在任何一个队列中

它只有一条通向黑暗且枯萎的路线
无论是滑翔还是俯冲,是突进还是退守
它只在那样一个狭小的空间里与自我搏斗

只有广大的内心守住无边的寂寞,只有
高飞的梦想守住软弱的肉身

十一

它们在民俗中的飞行也是象征性的
只是苦难生活一个虚幻的慰藉

就像我不知道山村中早夭的少年转世何方
贫穷的乡亲早春一过
就散往祖国何处挣苦力钱

不知道卧床不起的母亲是否不会再染上风寒
她的心脏可还有河流阻滞的声音
不知道生性至仁至善的父亲，生命结束时
蝙蝠也没能让他安详地离开人世

十 二

这个黄昏啊是祖国整个乡村的黄昏，蝙蝠
借助最后的光线剪下自己的身影
它们不能避免被窥视的命和运是那个永远
卡在树杈间的月亮

寄身阴暗的生灵再次在梦中催动它的咒语
一个诗人从此放弃了他的修辞练习

2017 年

第二辑
在玻璃上写字

冬天的河流

风吹过结冰的河面,像一片阴影掠过
我喜欢冰凌这个古老的魔术师
不使用障眼法而让流动的河水凝固
我也喜欢它在中间留下窟窿
让鱼呼吸,也让捕鱼人有下网地方
岸边垂钓的人够不到河心
但他有碎冰术,他挥舞着一把铁锹
铁锹砸在冰面上,沉闷的回音
如一个人隔着玻璃打听沉鱼的下落
这里是河流最为平缓的一段
在没有冰封之前,每天都冒着热气
像一锅即将煮沸的水,现在
它变成人间虚拟的部分停在平原上
也停在上面溜冰少年的滑动中
我也曾这样在冰封的河面上讨生活
一把铁锹扎在上面,至今仍
拔不出来,我也曾有过这样的快乐
固执地在坚硬的、布满裂痕的
生活表面滑行——但

直到今天,我都没有办法弥合那些
细细的、陈旧的裂缝

2018 年

风 雪 夜

在风雪的途中
天空的颤动并不能救出
那些蜷缩在山中的羊
一座山峰从孤寂到灰白覆盖头顶
也不能阻止一个中年人
在返乡途中遭遇心中的疼痛
这样的夜晚适宜沉思和入梦
但不适合建立秩序
当万物沉睡,一个老年人
要在这半明不暗的时光中怀念过去
他的咳嗽要在今夜
把命运的必然阐释,风和雪
吞下今夜幽暗的幕阜山
就像空空的炉灶吞下湿重的柴火
并以其寂静的燃烧

拷问大地的思想和原罪

2018 年

秋天的山楂树

秋天的山楂树在水边沙沙作响
描述一棵山楂树
是困难的,它那么小,也结出
自己的果,它成熟
却只有坠落的命运
成长多美好,停止成长多美好
提心吊胆的悬挂多美好
大风吹过来吹过去
一树山楂使我们看见个体的命运
和时代一样在风中摇摆不定

2018 年

大雪，独居山中

躲在山中，看到白茫茫大雪覆盖群山
似乎自己也将从世界上消失
电视中一个频道里半个世界大雪在飞
一个频道正在报道全世界
每年有五千多万人死于灾难和疾病
相当于一个人口规模中等的国家不复存在
人口大国的一个省不见了踪影
突然觉得生物能自然走完生命的旅程
是多么幸福的事情，如果
一个人生前像钻石藏于深山，死后
如珠宝寂沉于深渊，这是不是
对人们生活的全部否定
雪还在不停地下，我关上电视走出房间
看不太清的路上，我看见一个人在风雪中就像
一个污点在白茫茫的大地上缓缓移动

2018 年

黑 蚂 蚁

几只黑蚂蚁从柘树根部爬出来
越过草丛来到我的脚边
相对于小蜥蜴以及嗡嗡叫的野蜂
好像只有蚂蚁是无畏的
它们爬上我的鞋
这对它们来说可能是翻山越岭
要用去漫长的时间
我的脚在其间动了一下
我看见它们立即剧烈晃动起来
而当我止住脚的动静
它们很快就从鞋面爬上了裤腿
并在一块褶皱处停了下来
褶皱的上方有我刚才吃饼干时
落下的一些饼干屑
蚂蚁们爬上去又落下来
当无数次攀缘都以失败告终后
我看见它们绝望地昂着沉重的头
像借用了人类共同的悲哀

2018 年

在玻璃上写字

早上醒来,窗外雪花纷纷扬扬
我在布满水汽的玻璃上写字
我写积雪满弓刀
仿佛有一把利刃的刀尖被折断
反弹回来扎在我的胸膛
我写误了归期
一条山中小路立即在上面浮起
我一边写,水汽一边弥散
似乎每一个字都缓缓流下了泪水
我写村头的老枫杨,它
流泪,我写寒风中熄灭的火塘
它流泪,我写黄昏时的叹息
夜半的心绞痛,它也流泪
当我写那年你在风雪中离开
止不住的泪水开始在玻璃上弥漫
并洇出一个镜面,在镜中
我仿佛看见自己又回到了幼年
在一座孤冢前沉沉地睡去

2018 年

蜘　　蛛

人的可悲和高贵都源于生存的欲望
我希望这首诗也不例外，它
来自清晨草木间的蛛网，一只蜘蛛
为生存织就的边界，也来自
一个落魄者八年潦倒的生活
他能从任何事物中看到它的相反性
他说苦难是大地所有生物的
宿命，命运有一张网，同时
也有一只看不见的手在搅动它的布局
生命并不完全都是我们自己
劳神费力的结果，蜘蛛织自己的网
但不能左右自己捕捉到什么
食物，只要一阵风，它就会停止守候
张开所有的腿迅速躲进草丛中

2018 年

五 元 钱

五元钱是多少,是五个一元五十个一角
五百个一分,比四元多一元
比六元少一元,从前可以买七斤猪肉
或二十五斤大米,或四百斤干柴
可以一个人坐汽车到四百多里外的汉口
现在可买两个土豆,或一碗素粉
或半碗牛肉面,从武汉坐汽车回老家
还不够出城
想起那年冬天
在镇上,父亲丢了藏在内衣中的五元钱
一个人在供销社外暗自垂泪
我走到伤心的父亲身边说,爸爸别哭
等我长大了给你挣五十元钱
五十元,那时一个劳力五年的工分钱啊
如今像一个个一分一角的钢镚
丁丁零零地滚落到我面前,像父亲曾经
滴落的那些泪珠又从土里涌了出来

2018 年

野　　菜

我采过的野菜,其中两种于我印象最深
一种是苦菜,一种是菊花菜
菊花菜一丛丛生在春天的田塍边
往往刚长出嫩叶就被人采走
好像从没有看见它们开花和长高
苦菜生长在山中,高如蒿草
花色橘黄,越往时光深处味越苦
很长时间,我对它们的记忆
都停留在饥饿的胃和寡淡的味蕾中
它甚至让我相信是物质在决定
一个人的思维方式以及对生活的理解力
它们的学名分别叫
败酱草和马兰,我喜欢马兰
这个名字,但败酱这个不知
由来的称呼,让我对如今的生活
一直保持着深深的警惕

2018 年

诗人之死

死不是耻辱,但有人把它变成耻辱
死不是高尚,但有人把它变成高尚
我知道你对死没有野心
你的死是出于厌倦,但我能否因此
说诗是人间的药,如果
我说诗其实是人死过后
看到的人间
你有没有兴趣再活过来
生前不断地分行
说只要能够留下一行,此生便无憾
如今你却生生地
把一切都分成了两行
你独自躺着一行
我们直立着一行
如果我说生者是死者的纪念碑
你会不会再次重复说生命如草芥,年年
死去活来的都是不值得的人生

2018 年

从丁香旁走过的少年

山中的丁香花已经开过
只剩下嫩的枝叶
山路曲折漫长
从它旁边走过的少年要往何处去
他是否感到寂寞
也是有长度的
他是否和我一样
看见曾经失去的东西正在时光中
打着一个又一个结

2018 年

黑暗有一刻是被照亮的

晦暗的夜,黑暗有一刻是被照亮的
你以为万物都已侧身睡去

但我知道黑暗从没有在黑暗中沉沦
它在等待深夜回家的脚步
也守候着在油灯前等待的白发母亲
在无数个寂静的风雨之夜
黑暗中总有一个又一个人不断给我
光明的暗示，先是从门缝
给我以黎明的闪电，然后
让一根树枝弯过来反复敲打我的窗
像小时候，我因为雷霆在
半夜醒来，风雨中，你踩着小脚轻轻推开
我的门，一道光也从门外挤了进来

2018 年

南 瓜 花

这朵南瓜花我见过三次，最初是
一个绿茸茸小芽苞
阳光照在它的身上
安详宁静，如文字对神圣事物的模仿
它不是热烈的，但
它的圣洁给我留下了好心情

我第二次见到它是在初夏的一个黄昏

它羞涩地开出了花

有蚂蚁在上面攀爬

也有蜜蜂蝴蝶环绕

就像一个突然间长大的少年

充满荷尔蒙的气味

而它旁边一棵被雷霆劈去头颅的白杨

已透出人世的沧桑

我第三次见到它是在晚秋

高高白杨枯叶落尽

南瓜花枯萎着缀在

白杨树上一个半青半黄南瓜的尾部

就像母亲头上灰黑的发髻

2018 年

初夏的老瓦山

在五月的老瓦山上

夏天以性感的姿态,在绿荫中和小南风款曲暗通

早熟的如红杏,饱满又潮润,缓慢的

如青柿,高高挂在枝头,宣告与时光漫长的爱恋

才刚刚开始，小植物结小果实
橡子和栗守内心的仁，它最大的性感是葱郁中的
偏执大过平庸，容许万物的风情
自万物的身上涌出，也容许那些不解风情的事物
坚持与这个速成的时代背道而驰

2018 年

租一个月亮过中秋

蟋蟀在草丛里静静地鸣叫，夜越来越深
少年端着木盆站在院子里，他
在水中养育月亮的梦眼看就要化为乌有
他走到屋内向躺在床上的母亲
乞求道：妈妈，我们能不能租一个月亮过中秋
他不知道犯心绞痛的
母亲，此刻也被囚禁在黑暗中
就像他渴盼的月亮此刻正困在乌云里无法脱身

2018 年

枫叶大道

枫树移栽到城市,在道路两旁栽成整齐的两排
冬刚至,它们以为回到了故乡
齐刷刷红了脸
一群美学家在这座小城开会
他们不是来自枫叶的故乡,但
他们会命名枫叶的美"热烈的"
"冷艳的""高贵的",有的甚至用到"致命"这个词
我来自乡村,认识这些高矮不一的枫树
听到"致命"一词,我不由心中一颤——
美到极处的事物何尝不是生命的变体
枫叶红过后就会枯萎,这热忱、整齐划一的美
又何尝不是幕阜山深处一座村庄的荒凉

2018 年

候　　诊

去医院多了，我发现医院病人也越来越多
就像一座火车站的候车室
记忆中的医院都是清冷的，就像过去那些
寂寞的乡村小站，置身现在的
医院，却像挤在火车站人头攒动的人潮中
从广埠屯前往中部战区总医院
只需二十分钟，我等了两个小时，却不见
候诊室屏幕上出现自己的名字
从医院门口往南是前往火车站的必经之路
沿途将经过宝通禅寺和长春观
候着候着我就想，与其这样，下次候诊时
不如抽时间去这两个地方转转
从前它们也是悬壶济世的地方——这样
想着想着，仿佛自己真置身于火车站的候车室
正在耐心等待一个可以安放自己的远方

2018 年

逃荒男人和他的孩子

我小时候见过一个逃荒男人蜷缩
在秋天傍晚的草垛旁,其时霜降已至
幕阜山一带到处都是湿重的露水
他看见我,痛苦地咧开干涩的嘴问我
是否见过一个和我差不多大小的
外地口音的男孩,从脸色到说话气力
明显生病了。我说叔叔你不舒服
我回家给你找一些吃的。从草垛
到我在山坳里的家有一里多的距离
等我领着父亲带着食物赶到草垛
一个男孩正跪在那里用茶缸给他喂水
不远处还有一个冒着烟的小火堆
男人边喝水边问小男孩火堆里的红薯
是不是偷来的,小男孩委屈地说
我没有偷,红薯真是一个大妈给送的
我和父亲朝着那个小火堆望过去
生火用的都是田边扯下的潮湿的杂草
父亲掏出捂着的烤红薯走过去说
老哥是寒热发烧,我这里有几个红薯

生火为什么不扯草垛上的干稻草
并邀请他们父子暂时到我家休息
但他坚决不肯,说一会儿还要带孩子
到前面村子里和他的老乡们会合
临走时父亲把穿在自己身上的旧夹衣
脱下来披在他身上,说这样身子
会暖和一些。男人紧闭着双眼没出声
只看见两行泪从他眼眶涌了出来
回家路上,父亲粗糙的手紧紧牵着我
但我们都没说话。令人感动的是
第二天早上,母亲到外面取柴火做饭
大门打开,居然看见父亲的那件
旧夹衣被叠得整整齐齐的,放在门槛上

2018 年

即 兴 曲

人生从不是一张白纸,它是从黑色开始的
从漆黑温暖的母腹
到我们睁开眼后看到的朦胧人间
一切缤纷的底色都来自无法改变的黑与白

宿命从我们发蒙,在教室的黑板上
写下白字的那一刻就已开始,我们写了擦
擦了又写,以为一切可以重来
其实,我们反复涂改的只是黑暗虚无的部分

2019 年

秋夜咏叹调

鸟鸣在幕阜山山顶的夜空响起
孤零零的
找不到落脚的地方
徒有其形的是黑暗中
沾满露水的树木
不怀疑也不思想
因此我们看到生于光明中的事物
即使在繁星浩渺的夜空下
都有一道长长的、忧郁的阴影

2019 年

中秋夜走在回家的路上

走在回家的路上，一轮满月洒下清辉
但不带着自己的阴影
想起嫦娥一个人在广寒宫寂寞徘徊
想起吴刚独自砍伐着
自己内心无法熄灭的欲望
想起玉兔以身侍神，也不得不接受
时光无穷无尽的煎熬
想想人世间的清欢有多少也是这样
没有人世的悲喜
长生只不过是一场无休无止的劳役
再多高高在上的宫殿
也比不过我此刻的惬意，再翻过一道山冈
我就能回到李家湾久别的亲人身旁

2019 年

母亲的故事

母亲的故事都和乡村动植物有关
包括各种飞禽、走兽
树木,以及树上的藤、地下的根
她总是将这些动植物
与一些人事联系起来
使一些陈旧道理显得不那么陈旧
七岁那年秋天,家里
一只公鸡误食蜈蚣后
追着啄从它身边走过的每一个人
母亲说公鸡毒透冠顶
要我们原谅它性格中的暴戾
十二岁那年春上,一群枯死的银背蕨
使一面山坡变得荒芜
母亲说这是银背蕨自己也不愿
得的病,要我们从反面
看它值得同情的东西——
很多年来,我都记得
鸡冠上紫黑的毒和银背蕨叶绝望的枯萎
并以此来化解我在生活中

所遭遇的种种挫折和不幸
母亲故事里的动植物似乎永远都
隐含着某种教化和诫喻
天空飞行的鸟类是，地上
生的草木、虫豸也是
现在她离开我们永久歇息在山中
她那么喜爱山中的动植物
但愿这些动植物也能
让她在山中享受如在人间的天伦

2019 年

林　　中

路边蘑菇举着半开的小伞
露出丰腴的身子
秋日阳光照着满地落叶
也照着小蘑菇旁一丛疏朗的紫萩
想起曾暗恋自己的男孩
顶着一个蘑菇头
每天守在她必经的路旁
她突然觉得此刻的

蘑菇和自己都有一些孤独和寂寞
要是小蘑菇不长大
一直守在秋天的路旁
要是自己也不长大
仍走在放学的路上
她这样在林中莫名伤感着
好像时光在倒转
好像一些久违的东西正和紫荻
一起在风中轻轻摇晃

    2019 年

霾

一个生僻的汉字,风中奔跑的怪物
如今在生活中飞了起来
适合朴树先生忧伤的《送别》
适合一支怀旧的舞曲
适合你青春岁月中朦胧的审美哲学
你爱着的人梦中昙花一现
你留恋的事物转眼不见像踏雪飞鸿
缥缈中一条路走入迷途

一座桥走到断头，犹如起舞弄清影
浑不见人间，那蜃楼的
虚无，那风中的扬尘、肺中的铁砂
那给迷路者让出一条道的光
那无情的诸神，那眼中揉进
无数沙子的俗众，霾多神秘
一个天国的假行僧抖开装满颗粒的布袋
好像人间不是一个虚幻迷蒙的乐园

2019 年

参观蝴蝶标本博物馆有感

一只蝴蝶被制成标本
孤单的生命战胜死亡
两只蝴蝶被制成标本
凄美的爱情获得永恒
众多蝴蝶被制成标本
是森林的又一次大屠杀
我见过成群的蝴蝶
在草地和诗词中飞
蝴蝶离开它们身体

在看不见的空间里
这逃离肉身的苦乐
是不是我们心中解不开的疑问
如果它真的有灵魂
它是否会为自己斑斓的翅
诱惑了人类而羞愧
它们有丑陋的出身
也有着美丽的成长
但它们是否会想到
有一天会成为博物馆里僵死的标本
在人类虚假的道德谱系里
以牺牲换取我们的赞美

2019 年

风光村简史

穿过卓刀泉北路就到了湖边的风光村
边是东湖的边,风光
是二十世纪末的风光
先是打鱼的木船、竹篾搭的棚户
然后是平房、小高楼

秘密小旅店、小酒馆
然后是落魄的诗人、潦倒的画家
热爱哲学的教授和无知无畏的小情侣
三十多年来，它既是
世俗生活的栖身之地
也是现代艺术和古老欲望的混居之所
它即将消失的时代
是一切正在被拆分的时代
喧闹、无序，像使命终结于它自身长出的毒瘤

2019 年

游白莲河水库看见一条鱼跃出水面

乘上一艘快艇也到不了大别山的山脚
快艇掀起的波浪
也搅不动周围草木的孤寂
但一条跃出水面的白鲢让我心生戚然
我怀疑不止在遥远的太空
有更高的文明在探访我们的家园
在大地深处也有卑微的生命在打听人间的响动

2019 年

喜　　鹊

喜鹊不过是一种鸟，它在枝头鸣叫
村庄道路上仍可能驶过
一辆运送灵柩的农用车
那年冬天我骑自行车去县人民医院
从清水塘到城关油坊村
我看见沿途高高的白杨上
挂着一个又一个喜鹊窝
就像篾匠铺里那些还没有涂上色彩的灯笼
每走到一棵白杨下都有喜鹊在叫
偶尔还有刚孵出的喜鹊
从中探出它们粉嫩肉色的小头颅
那时父亲的胃疼痛难忍
为尽早给父亲买回止疼的哌替啶
我眼含着泪水把自行车
骑得风驰电掣，但没有一只喜鹊
为我内心的悲伤更换过它的语调和句式
它们仍旧在枝头叫得喜庆

2019 年

灯 芯 草

一盏燃着灯芯草的煤油灯
照着一丛灯芯草
这是我少年时常见的一幕
这种以牺牲自己去照亮同类事物的事情
在大青山并不具备
诸如舍生取义之类的道德价值
在一根灯芯草照亮生活的时代
有些事物即使丢掉皮囊
也摆脱不了沉重的肉身
抽心也不映衬生命的残忍
就像生活本身
没有煎熬,也有成为灰烬的时候
一根灯芯草有它耀眼的光亮
也有它无法照亮的黑暗

2019 年

一个理想主义的柿子

一个人遇到少年时的理想,像
看见一个孤独的柿子悬挂在高高的枝头
心有不甘,却不再有丁点胃口
从室内望向窗外,孤零零的柿子就像
一只孤独的眼——从前他相信
总有一只眼在窥伺着庸碌人世
现在他却惧怕一切过于明亮的东西
包括理想这只躲不开的、在他
体内填硝埋毒的手,时光拎着的
这个翻下枝头就不知身在何处的柿子
像艰难的人生熬到中年,他
只能这样抱残守缺,把它作为青春的祭品
供奉着那些连上帝也不相信的东西

2019 年

两株扁豆苗

开春时播下的种子
一株苗条细长,一株矮小粗壮
在屋前这片小小的空地上
它们穿过黑暗的泥土各长各的
像各自经受各自的教育

2020 年

秋天黄昏的河岸

河流瘦了,像一个老生唱起自己悲凉的身世
落叶落在青瓦上,无所依靠
落在蛛网中,被看不见的东西纠缠
落在流水上,不得不接受随波逐流的命运
好像薄雾笼罩的黄昏是虚拟的
好像彼岸不过是眼中映出的虚幻的镜像

好像万物没有在风中松动
沙石没有下陷,肉身没有空洞一些
落木也没有被夕阳所羁押
无情的流水年年从我们身边流过,也不曾
有人从中打捞起故乡的物什

2020 年

采药人说

在药菇山,遇见一位佝偻着腰的采药老伯
我问起他生活的艰辛和不易
他说生活还能怎样
他曾经在南面山坡上采到
一支硕大的沙参
它所有根须都扎在一根鼓槌一样的人的白骨上

2020 年

哑巴的歌唱

深秋的傍晚
门前树上鸟窝里的小喜鹊在欢快地鸣叫
一只花喜鹊不停地穿梭在田间地头
给小喜鹊寻觅食物
安静地坐在门前的小男孩看见后
围着正在给他缝制过冬棉衣的母亲又蹦又跳
口齿不清的声音里有着令人难以
置信的旋律,就像在歌唱

2020 年

蝴蝶与少年

秋天越来越深
山中蝴蝶斑斓的翅膀越来越暗淡
傍晚空气湿重寒凉

两只蝴蝶停在屋檐下的青砖地面上
收拢的翅膀如单薄的衣衫覆盖着
它们瘦弱的身子
同样瘦弱的是蹲在地上的三个少年
他们正用棍子扒拉着蝴蝶并
残忍地毁去它的翅膀
他们看见没有了翅膀的蝴蝶
像丑陋的毛毛虫在地上痛苦地蠕动
又欢快地把目光投向另一只

2020 年

彼 岸 花

园中东一棵西一棵开着
有人叫它石蒜
也有人把它叫作彼岸花
它的花殷红
就像一根根带血的丝带
粗看缠绕纠结
细看秩序井然
好像彼岸就是这样的

一株让人浮想的植物
它的花却含有剧毒
可见植物的仿生学
也可作政治学的条分缕析
你看它在园中的自我感觉——
独秆、挺拔，充满毒素而不自知

2020 年

银　　杏

一棵银杏到秋天
树冠上宿满黄蝴蝶
书生在树下打盹，梦见雁塔
也梦见穿着草鞋、打着绑腿的庄周
银杏旁长着一棵高大的落叶松
松针如用旧的黄金
在地面上铺了薄薄的一层
也有松毛虫跟着落下
但松毛虫望着远处金黄的银杏叶
会不会产生长出翅膀的幻觉
日近午，风不吹

银杏叶在阳光下仍簌簌作响
松针伴着远处寺庙的钟声
轻轻覆在松毛虫身上
书生在庄周的蝴蝶梦中醒过来
又踏上西去长安的路途

2020 年

荡　　漾

蝴蝶在黄昏的光线里翩翩起舞
年轻的货郎身上
散发着糖果的香味
铁匠铺像落日一样溅着火星
来自福建的修伞匠
哀叹自己总是碰到好天气
货郎摇着鼓走远后
放学的儿童闻到甜蜜还在空气中荡漾

2020 年

喜　欢

我喜欢裁缝铺的土布米尺
也喜欢站在
曲尺柜台里的小裁缝
我喜欢烟囱里飘着旧时光
小裁缝戴着
洗得发白的蓝袖套
我喜欢小裁缝
每次经过我家门口
都望着我炉子上的中药罐
我喜欢时光
稀里糊涂就来到夏天
小裁缝给我送来孔雀的长裙
我喜欢他红着脸
搓着双手，说他偷偷在上面
绣了一朵红石榴

2020 年

河边往事

四十年前,河两岸还是稻田
我和卫东、金亚兵
坐在河边石头上把脚放在河水里
你穿着一双白色塑料凉鞋
走过来挨着我们坐下
当你脱下凉鞋,挽起灰色绵绸裤
像我们一样把脚伸进河水时
我们都不约而同地把黝黑的双脚
迅速从河水中缩了回来

2020 年

山中望雨
——致魏天无

雨时断时续,天亮一下又暗了下来

我们坐在山庄屋檐下望雨
雨水和溪流使一座山嗡嗡作响
让人怀疑山中的生命除了低微和悲悯
也有恒在的激愤和不甘,你
看见树木在雨水中低下了头颅
和我看见马缨花在雨水中更加明艳
并没有什么本质区别,植物
也不因无法迁徙而失去自己
我相信山上画地为牢的草木
此刻也在同情地望着我们:你看人类的
劳心之苦,一场雨就让他们去住不宁

2020 年

从半山寺回家

一寸一寸地
先是半山寺像天边的一幅剪影
琉璃的顶和高挑的翘檐
被镀上一层金粉
接着是寺后高大的香樟隐去鸟鸣
大雾从日落处缓缓涌起

然后是小沙弥用长竿点起山门的灯
居士们安静地坐在桌前
享用简朴的斋饭
然后是天渐渐暗了下来
我和做义工的母亲走在回家的路上
狭窄的山路
在深秋湿重的夜雾中若有若无
但我和母亲都感觉有
一束束微小的光在前方黑暗中忽明忽暗
如一盏盏闪烁的小灯笼

2020 年

剪　　枝

剪枝人在果园里手持一把大剪刀
双手使劲一铰
果树枝条就咔嚓一声坠落地面
剪枝人就像一个手艺平庸
但动作娴熟的乡村剃头匠
他粗暴地剪去那些出头的枝条
也残忍地剪去那些无力向上

而软弱下垂的枝条
他的每一剪刀下去
我都感到果园里所有果树在剧烈地颤动

2020 年

假　　松

三棵乱真的假松栽在通往深山湖泊的路边
透过客栈的窗口，可看到
它们使湖水获得不一样的绿——喑哑、深沉
假松周围生长着栎树、白花继木
以及众多的小叶灌木，它们的矮小衬托着
三棵假松的挺拔，但它们并不显得低微
黄昏来临，我们可以看到栎树、白花继木
在风中轻轻摇动，唯假松僵立着
一动不动，栎树、白花继木身上落满了各种鸟
唯假松，除了它自己，身上空无一物

2020 年

蒲 公 英

地上长满了草
有红蓼、米蒿和车前子
名字都好听,最好听的是蒲公英
卑贱地匍匐在地上
连牛羊都不屑去啃食
后来长出一根独茎,颤巍巍地
仿佛风一吹就会折
但从不放弃向上生长的努力
很多人只记得
它晶莹的绒球,以及如何鼓着腮
将它吹向空中
其实它也有自己的青春
在不合时宜的
寒意未尽的早春,独自在低处
明黄、灿烂

2020 年

旱芦花

并不需要假以山中乔木
卑微的草也可以变得如此素净
他抖了抖手中的旱芦花
上面柔软的芒
还在散发着细小的光泽
我们忆起小时候造纸厂
码着的旱芦秆如何被制成纸张
成为我们读书的练习簿
那时造纸厂门前种有一排蜀葵
那些嫣红的花朵
并不受到穷学生的青睐
就像我们那时候受到的
教育：我们都觉得艳俗的蜀葵
从不比一枝旱芦花漂亮
蜀葵过于骄纵，远不如旱芦花
没有自我的谦顺所产生的美

2020 年

明月夜兼怀 XZ

月亮升起来了，但
月亮好像不只是个应景的事物
有人把它挂在树梢
像挂上自己漂泊无定的心
有人把它悬在江河
似乎狭窄人生从此有了宽阔的去处
有人把它养育在水中
就像养育着体内一头不安的幼兽
也有人把它当成一面铜镜
对着照了又照
直到青丝变成白发，看见
离世亲人用一根细线
系着它在灰暗的云层中轻轻拖动
月亮如人一生东奔西走
只有夜半秋风知道
月亮是我们离家时肩上的一个褡裢
返乡时背上的一个包袱

2020 年

上 弦 月

上弦月要黄一些
它弯弯地浮在天空,像镰刀
它走村过镇
见过无量的果物和谷粒
但不收割人间任何东西
我看到它时
它正伴着满天流云
在天空缓缓地移动
它仍然孤单
它和离它不远处的金星
及那个夜半仍不肯睡去的中年人
构成互不知情的慰藉
但在高高的山顶上
我发现天空和大地
相互并不隔膜
远远望去,山下的村落
以及散落在黑暗深处的零星灯光
和寂寞的星空并无两样

2020 年

沙　　漏

沙漏即将滴尽,时光从黑夜转到白天
一个人离开他藏身的阴暗空间
把自己变成一件响器
打哈欠,轻轻地将天空捅开一个窟窿
此时是在李家湾的田野上
大地变暖,但空气中
迟迟等不到海上吹来的风
以前赤着脚在水中
耕田的人现在变成了冒着白烟的机器
有着长着倒刺的脚板
我坐在门口看书,一本书
从头翻到尾,田野上
八哥换成了白鹭,它单腿站立的姿势
让一个人思想从丰盈变得
虚无,又因空更明了
而远处,山坳里一枚太阳
从赤红变得银白,世界因此获得了一个
共同的结局——万物看见了光

2020 年

老 电 扇

我老家有一台老电扇
二十年了，还可以转动和摇头
它嗡嗡作响，有时候
像极了我患哮喘病的堂伯
一边气喘吁吁
一边不停地忙碌着手中的活计

我说有时候，意思
是它有时也是可以安静地转动的
只是后来才有了脾气
（近十年以来
它转战于家中客厅、母亲卧室
其实好脾气远多过坏脾气）

它的风力如今只剩下一档
转动起来费电
风也蛮横霸道、不讲理
多年前我就想把它当废铁处理掉
但母亲坚决留下了它

母亲说无论是人还是物
任劳容易任怨难
老电扇从无怨言地转动了这么多年
如今已是和她同命的东西
她不忍心将它抛弃

母亲小心地使用着它
不惧风力大,也不惧噪声吵闹
每到夜深人静的时候
我感觉到这台老电扇和母亲
都在不可挽回的时光中固执地
守着自己的晚年

2020 年

一场雪和我们白头与共

到了一定年纪,谈起爱情也是一件
羞愧的事,你缓缓地走在雪地上
看见一对甜蜜情侣在不远处的树下
相拥,你执意改道从音乐学院

左侧绕过去,说年轻真好,你
那时也是脸红男生,那时多么遥远
那时的雪每年都下,那时没有
手机微信,你就站在雪中傻傻地等
而等待是一件多么幸福的事情
时光一分一秒,一下子就到了今天
纷纷扬扬的雪花也从那时一直落到
今天的头顶,与我们白头与共

2020 年

麻　　雀

关于麻雀,我记得它们
成群地在黄昏飞,记得它们宿在河边
乌桕上,使得枯树像重新长满了叶子
喜欢成群结队,这是弱小生命共同的
生活习性。在我的记忆中
它们大部分时间停在电线上、屋檐下
或黄昏的田野里,几乎都是
群聚活动,因此很多人对单只麻雀的
记忆是不清晰的,个体记忆

几乎全部淹没在集体记忆中,我们曾
将麻雀作为公害,以举国之力对
它们进行大规模驱赶和捕杀,那可能
是麻雀有史以来遭遇的最大一次
伤害。我曾经救下过其中的一只
因翅膀受伤,我将它藏在一个草垛里
每天给它喂水和捉虫子吃,直至
它在五天后痊愈离去。都说麻雀虽小
五脏俱全,但麻雀其实是最有
人情味的,那只被我救治过来的麻雀
在此后的每天早晨都会飞到我的
窗前叽叽喳喳叫上一会儿,一直
持续到严寒的深冬,我的窗户被关
并封上厚厚的报纸。那一年大雪封山
开春后那只麻雀就再也没有来过
经过一冬的大雪,麻雀好像变少了些
人们议论纷纷,而我很多天以来
一直都做着同样一个噩梦:一只
孤独的麻雀在苍茫天空中,飞着飞着
突然一头栽到雪地里,并在瞬间
就被雪掩埋,看不到一丝一毫的痕迹

2020 年

断　　章

读到一行白鹭,把晴朗的天空涂得湛蓝
看到一张报纸包裹着
金黄的油条出现在餐桌上
这是幕阜山中的一个早晨
草木新绿、绵延起伏的山峦间神清气爽
而报纸副刊上,一个整版的诗歌
已沾满了生活的油污

2020 年

黄　龙　岭

登高远眺
湖南和湖北被一道山梁分在两侧
阳光上午照着湖南的南江桥
下午照着湖北的九岭

好像阳光并不区别对待任何事物

但如果一个人早上从湖北的九岭
前往湖南的南江桥,你
就会发现,上午的阳光照不到他
下午的阳光也弃他而去

如果他选择下午从湖北九岭出发
他则必须穿过漫长的黑夜
才能见到湖南南江桥上午的阳光

所以,并不存在普照万物的光
也不存在永沐光明之物

一道山梁区分出湖南和湖北
但对幕阜山而言,它不过是一根
接驳黑暗与光明的脊骨

2020 年

老 房 子

开满了野花的老房子门前,一对情侣

在以它为背景照相,日光照着
暗红木门上的旧锁,也照着一只壁虎
快速从窗户退回墙脚。有游客
抚着砖缝长出的青草说,年深日久的
事物都是某种永恒的东西的见证
但我知道,对这座老房子而言,永恒
只是持续在平淡生活中的平静
就像此刻,老房子在这对情侣镜头里
成为无言的背景,男生钟情于
油漆剥落的门窗、青砖垒砌的墙面和
灰瓦的屋顶,女生喜欢门前野花对生命的加持
而老房子依旧在老旧的时光中老旧

2020年

我喜欢轻的东西

我喜欢轻的东西
以及一切在空中自由飘飞之物
云朵、柳絮及炊烟
轻多么松弛
轻就意味着摆脱了羁绊
就意味着事物脱离沉重的肉身

举重若轻的东西也算
包括飞鸟、飞机
世界上有重于泰山的东西
也有轻于鸿毛的东西
但并非都是轻者自轻
重者自重

      2020 年

冬日苦楝树上的麻雀

黄昏河边的苦楝树上停着一树麻雀
除少数起落外
大部分停在上面一动不动
夕阳照过来,像一堆刚开始燃烧的
树枝和它溅出的点点火星

      2020 年

蛇　蜕

椴木上停着一条蛇
走近才发现是一副透明的蛇蜕
近期常看到蛇在上面攀爬
没想到一夜风雨后只剩下空空的壳
能够在风雨中
迅速全身而退的事物已经越来越少
在这个风云突变的深秋
这样一副空空的蛇蜕停在树干上
让人不寒而栗

2020 年

车 过 上 塘

我到达上塘时,天空正淅淅沥沥下着细雨

田野上忙碌的人各自淋着各自的雨
地上不知名的小草
各自开着各自的花,只有远方高速公路上
成群结队的车辆正呼啸着去往新年

2020 年

第三辑
两河交汇处的村庄

草甸上的牛犊

湿地草甸开满了野花,一头小牛
在一小块草甸上面停了下来
在另外的草甸上停着更多的牛犊
它们相互追逐嬉戏着,就像
在秋假中的少年,那落单的一头
在草甸上缓缓踱着步,它的
孤独那么小、那么明亮,明镜一样的水
也洗不净它腿上的泥渍和淤青

2021 年

雪 花

和我们一样,雪也是受难者
它被迫成为雪花
粉刷人间,但

它受到追捧并不是因为轻浮
它细小的体内
其实也有一颗沉重的晶石
我们很久没有走在干净的大地上
无足轻重的雪花以其冷
使我们免于总在灰暗中度过相同的时日

2021 年

信　　使

很多年没有什么信件了，那个顶替父亲的少年
穿着墨绿色的制服，把自行车踩得飞快
相对于远处高速公路上疾驰的车辆
像在倒着走

2021 年

旧 事 物

秋天山中的色彩比以前
要陈旧一些
从白杨的叶到一件
从春末穿到中秋的布衫
从裸露的河滩
到一双黯淡的塑料凉鞋
从满地的松针
到母亲灰白的头发
我喜欢这些
在时光中变旧的事物
我喜欢它们像
这个秋天被洗净的蓝天
风吹过来一阵凉过一阵
但我们紧贴着它们的肉身仍是温暖的

2021 年

蝉　　鸣

初夏的时候，柞木上重现了去年的蝉蜕
那重生的仍重复着过去的声音
有一刻，他感觉时间从来没往前走过
一切都在生活中循环往复，他
和蝉并无两样　　虽不知了
这个世界，但仍要不自知地为它不停地歌唱

2021 年

牛

幕阜山脚下
耕田拖拉机在平阔的田野上
欢快地翻耕着泥土
而机械不能到达的地方
牛正在忍辱负重地拉动着犁铧

冰冷的机械
眼神慈悯的耕牛
我怀疑在自由和限制之间
并不存在什么可以改变的命运
你看俯首的牛
它看上去总是在听命
深陷泥污,戴着枷锁,套着绳索
仍在屈从某种神秘的律令

2021 年

乌桕之秋

黄龙山东面是湖南、西面是湖北
时间细微差别
只隔着一道逶迤的山岭
但阳光似乎并不普惠世间万物
在两省的交界地带
我看见乌桕如一团团冷寂火焰
在湖南平江的山上燃烧
乌桕籽从乌黑的软壳中爆出来
像雪花一样洁白

而在背面的湖北通城县
乌桕的叶还在缓慢地由青转黄
它的籽还在壳中半白半黑地
缓慢炸开,好像一道岭
不仅仅显示出时间的细微差别
也显示出生物生活态度的
细微变化——有向往热烈生活的乌桕
也有背阴处的乌桕在生活中
安于宁静和任顺自然

2021 年

秋天的河滩

城外的河边有一片鹅卵石和沙粒的河滩
春天山洪涨起来时被泡在水里
秋冬河水消退,就落出它的苍白的身躯
像一条巨大的白鲢涸死在水边
到城里读书那年
我和同乡相约到那里秋游,有人告诉我
那里曾是一个刑场,每年秋决的时候
河滩上都是看热闹的人

我们到达那里正是正午,芦苇已白了头
河滩静得让人心慌,沙石间
偶尔长出几丛草,开出几朵不知名的花
天空偶尔也有黄鹂在啁啾
阳光越过苇草的头顶照在河面上,但没有
一只鸟从那儿的天空飞过

2021 年

走在秋天的山路上

我见到一个小沙弥
身穿灰袍打着绑腿走在山间小路上
他看见我们走来
双手合十静静地避在路边
他目光清澈而明亮
像秋天高山上倒映着蓝天的湖水
我们走在彼此的反方向
小沙弥背后包袱上插有一束旱芦花

2021 年

河　　床

河床上只有散落的小水塘
河边破败的寺庙前僧侣在阳光下打盹
看不见的细流
在断恶、积善、度众生
离别地和返回地如同同一个道场
用梯子把我送上高岸的正在撤掉梯子
用沙粒卵石把我按进低处的
正在往河中填埋沙石
芦苇和蒿草逐渐把河床连成一片
彼岸与此岸已不是象征

2021 年

向晚的南江河

枸骨刺是青的

鹅掌楸和远处的稻田已金黄一片
向晚流水从深处涌出
在归林的鸟鸣声中如悠长的叹息
船在河上,人在途中
鸭群秩序井然地挤在竹篱笆
围起的池塘外神情沮丧
铁匠铺打镰刀的当当声持续到黄昏
通红的炉火像秋天的心脏

      2021 年

一枚被虫咬的落叶

一枚落叶
被虫咬得只剩下薄如蝉翼的经络
但仍保持着心形的
叶的形状
在阳光下晶莹剔透如一件艺术品
幕阜山秋天干旱少雨
植物一直受各种飞蛾蠓虫的蛀蚀
这枚落叶因遭受虫噬
而显出奇特的美

使我想起梭罗在瓦尔登湖畔林中
讲述生活中的庸常事物
如何在痛苦的蜕变中创造自我
但无论我们如何强化
艺术作品的瑕疵和缺陷是不可忽略的
细枝末节,这样一枚落叶
仍不免让我心生悲戚

2021 年

白杨树上的南瓜藤

白杨树旁种有一棵南瓜苗
长大后很快就分蘖出
很多的枝蔓
但只有一根藤顺着高高白杨往上爬
和其他植物的藤不一样
它不对攀附之物
进行无休无止的绑缚或纠缠
它的叶也顺着往上长
初生时如被风翻动的白杨树叶
老了如白杨脸色枯黄

它结了三个南瓜
三个都很结实并高高悬挂在半空中
藤的承受力和瓜的重量
像经过了精密的计算
瓜在强劲的秋风中剧烈晃动而不坠落
显示出生命的韧性

2021 年

虫 鸣

夜幕降临,双河在寂静中虫鸣四起
一群人在曲桥上喝茶
一群人去山中寻找稀世的蝴蝶
起伏的虫鸣带来的凉爽
使我想起童年时代在故乡幕阜山的
夜空下行走,想起从
湖北咸宁到贵州绥阳
祖国一千多公里的大地上稻菽金黄
想起此时此刻有多少人,像我
仍然在黑暗中徘徊,并
欣喜寂静是如此的喧闹

想草丛中那一只只唧唧啾啾的
象征主义蟋蟀,是不是一只只温柔的手
在枕着大地万物安静地睡眠

2021 年

在双河客栈看星空

唯有星空不可辜负
在双河洞口右侧
我们边走边看星空
随着对黑暗的慢慢适应
山峦、道路和草木也逐渐在眼前浮现
但这算不上深刻的感受
在我们抬头的那一刻,却使我黯然失语
浩渺的天空背后,黑暗
深邃、厚重,一些星星因其耀眼的光亮
在乌云的掩映中仍被我们所指认
而更多的星星,就像
散落在大地上的我们藏身黑暗温暖的怀抱
不能被一首诗歌所命名

2021 年

一九八四年夏天父亲来看我

那年夏天父亲来学校看我
临回去时天下起大雨
父亲只好留下来,和我一起
挤在学校宿舍的床上
为不影响彼此的睡眠
睡觉时父亲和我都尽量把身子
侧向各自睡着的一边
一张窄窄的木床中间
居然留下一条宽宽的缝隙
夏日的雨夜闷热潮湿
我已不记得自己是如何睡着的
只记得天亮迷糊醒来
感觉有阵阵凉风吹拂在身上
借着窗外微明的光亮
我发现父亲不知何时
已坐到我脚头的床沿
正微闭着眼用他的草帽对着我
机械地、轻轻地扇动

2021 年

立 秋 日

凉风越过山梁,山中随着天空的
云聚云散晴雨交错
短暂的雨,间歇的阳光
树上的蝉一会儿鸣叫一会儿歇息
我和大姐一会儿扯花生
一会儿到树下躲雨
我们扯完花生,蝉也在鸣叫声中
送走了天边的夕阳
黄昏时,我和大姐把花生挑回家
天空中又下起了雨
我们坐在屋檐下讲起那块花生地
白天聒噪不已的蝉
也扇动着沾满水汽的翅飞了过来
当年过六旬的大姐
说那是父亲生前开垦的荒地
她不忍心让它又荒下
只是过两年怕她和姐夫都没有力气耕种
我们都像蝉一样保持着沉默

2021 年

七月十日夜在半山寺

在半山寺,并不存在败露的秘密
以及不能翻阅的过去
椴树躯干上的青苔也不能
解释人世的沧桑
黯然无眠的夜也不是一个落第书生
不屈从命运的象征
清冷的月辉洒上寺庙的那一刻
偌大的庭院空虚、开阔
廊庑、石阶、桂树都镀上了银光
连角落里的杂木、荒草
及荒草旁的流浪猫也不例外
远处黑暗树丛里也
漏有斑斑点点的白,好像
世间万物都有一个安静的去处,月光
正在普照着它们——归于安息

2021 年

老 樟 树

它栽下那年父亲离开人世
很多年母亲都以它为参照来讲述
故乡的物是人非——它
分枝那年,十六岁堂姐远嫁江西
它开花那年,上屋田家的
姑妈辞别人世,它长到墙高的时候
二伯摔断腰后喝了钾胺磷
它齐屋檐时,大堂兄、二堂兄分别
添了男丁。她从父亲走的
那年一直讲到前年她也离开人世
三十多年来,我一直觉得
老樟树上面住满了我离世的亲人
它不断生出新的枝叶,也
不断有枝枯叶落,就像一座村庄
或一个家族在生生灭灭间
不断开枝散叶,并竭力把那些新生命
送往更辽阔、更高远的远方

2021 年

鸬鹚

细雨蒙蒙的船头,风景由远山和轻烟构成
三只鸬鹚缩着脖子立在竹竿上
组成一个更弱小的世界
捕鱼还没开始,船尾坐着的主人面无表情
当主人收起竹竿,鸬鹚
才走到船板抖了抖身上黑色羽毛
从小被卡脖子,习惯半饥饿状态下的劳动
尽管套在脖子上的铁环早被取下
但此时仿佛有无形的铁环
仍勒住它们的颈脖:只听主人轻轻一声令下
它们就一头扎进水中,不一会儿
又湿漉漉地飞回船头,谄媚般向主人吐出
自己使尽全身力气捕捉到的食物

2021 年

软 柿 子

一树柿子刚开始并不是软的
我小时候捏过很多我伸手够得着的柿子
从青涩到嫩黄,再到如
红灯笼挂在高高枝头,其时的柿子仍旧
饱满而结实。柿子的软是从
它们被打落、搁置并退去青涩开始的
柿子退去了青涩意味着成熟
成熟却可任人拿捏,这奇异的逻辑不知
是柿子的宿命还是社会学的庸俗
为饥饿的胃,我捏过真正的
软柿子,但我从未对那些懦弱或
落魄的人有过轻慢,因为我知道,每个人
在生活中都有疲软不堪的时候

2021 年

与江边落日书

夏日傍晚,落日在江边
像一张无力旋转的飞盘,缓慢而沉重
光线洒落在水面上
好像一泻千里的长江至此峰回路转
好像赤壁不是火焰的杰作
而是落日的祭坛
悬崖的一侧站立着执浩、哑石、津渡
和李以亮,另一侧站着张曙光
和孙磊、钱文亮、天无和笑忠
则在遥望对岸的洪湖,落日照着他们的脸
如一首诗歌照亮着另一首诗歌
如从老蒲圻到新赤壁
古朴的事物渐渐露出它炽热的一面,落日
正悄然消失于它自己带来的热烈中

2021 年

冷　　杉

一棵冷杉，顶上已经枯萎
爬满苔藓的躯干上
一块松木牌显示着它的树龄
已经有八百四十年
八百四十年，无论
是在《黄龙山植物志》中看到的幽暗部分
还是植物志中无法
还原的部分，我们都无法
想象它的成长到底
经历了什么。也许是因为
孤独，又或许是因为
无法逃离的、脚下的牢笼
它终于活到能看见
自己的死亡，我想
死亡也是它很久以来的一个梦想
就像现在它把生命
一节节还回去，因为生前
不曾依傍过伟大的
人物或事件，它的死亡看上去

是如此心灰意冷
又是如此镇定从容

2021 年

坐公汽过站遇见和故乡同名的村庄

那晚坐公汽坐过了站
跟着一辆公交到了夜半的郊外
看到窗外草地和月光
我以为回到了故乡李家湾
迷糊中看到一个老人佝偻着腰
坐在一张老屋前的竹椅上
我以为那是我的母亲
在月光下搓编捆缚柴火的草绳
直至看见一个瘦弱的少年
端着一碗水过去亲切地喊外婆
我才猛然想起我远在
幕阜山的老家已于八年前倒塌
我的母亲离开人世
已两载有余,那晚的
月光啊,就像一面清水洗过的

明镜,照着浑然不知
身在何处的我,也照着江夏纸贺路
这座和老家同名的小村庄

2021 年

在 江 滩

翠鸟在苇尖上
风把风筝送往高处,越来越虚妄
看江景的人心随着江水往上涨
也随着水流去往远方

洪水还没有到来,欢乐
显得有层次感,沙滩奔跑的儿童
坐在苇丛阴影下的情侣
以壮阔江流为背景拍摄的中年人
江滩似乎就要映出一个人
半生的影像

而在另一侧,一只鹤形的风筝
正使劲飞往对岸的黄鹄矶

如果没有少年手中紧拽着的绳索
感觉它就要成为真正的自己

2021 年

蛙鸣之夜

乡村夜晚的安静是由蛙鸣衬托出来的
村舍、树影、闪烁的星辰
它们缄默着,是灰烬中未熄的星星火点

少年们在晚自习后从镇上回家
先是七个,最后是一个
但起伏的蛙鸣如琅琅书声,如伙伴
让他们在黑暗中无所畏惧

你看他们边走边背诵数学公式
和古典诗词,在计算不尽的生活外
他们很快就把自己的艰难幻化成
诗词中那些优美的意境

借助不息的蛙鸣,借助黑暗

这件外衣,他们似乎获得了更多真切的
生活细节和对幽暗生活的理解力

2021 年

感 冒 记

一个黑白颠倒的时辰,一个被寒风吹出的
虚热和咳嗽,一根在窗前
晃动的树枝,一个蒙面却有着耐心的魔鬼
你看它怎样把一个人从昏睡中拎出
然后给他不可名状的酸疼
从头到脚,从前胸到后背再到肋骨
它们各自为政,相互撕扯
还浸出夜空般湿淋淋的冷汗,好像在人世间
一个人所拥有的肉身并不比灵魂更真实

2021 年

散　　页

一

一群出生不久的麻鸭是愚懦的
它们兴奋而无知地在竹筐中接受人们的挑选
却不知灰暗的余生再也不能
穿回这身金黄的胎衣

二

一群幼年的白鹅是愚钝的，它们以为
有颀长的颈脖，就可肆意挑衅走过身边的少年
却不知圣洁的它们也不能逃脱
被人类宰杀的命运

三

一只牛背上的八哥吃力地模仿着人声
一只庭院树上的阳雀对着主人尽情地歌唱
它们都不过是被人类所驯服和役使

四

浅陋的乡村事物并非我们所见般愚笨粗鲁
一只骄傲的公鸡一唱天下白,那声音
也可能是在黑暗中发出的呐喊

五

即使它们是真正愚懦的群体
我们也不能把"愚众"从一个名词变为一个动词
当我们试图使它们变得愚昧无知时
便意味着我们也是愚蠢的

2021 年

天 将 晚

群山在涌起的云雾中渐渐隐去
像暴雨将至
溪边土坎上长着野韭菜

旧屋旁柿子树上的果实已由青转黄
但埋在远山中的雷霆
一直没有炸响，只有
闪电在以一己之力阻击着黑暗
有时把山脚的一座座坟墓照亮得
如刚刚出锅的馒头
有时给人头顶黑发镶一层银边
仿佛他们去日苦多
仿佛离世的人还在留恋着人间
而我们却在一天天老去

2021 年

冬天河边的茶花

冬天河边有一片茶花
因为突然到来的寒冷，它们来不及开放
就像一朵朵凝固的火焰从枝头落下
傍晚飞鸟扑入林梢
我看见一只小鸟仍然停在落下的茶花间
而一对情侣正对着小鸟拍摄
小鸟迷恋落花，情侣拍摄小鸟，我观察

情侣,在这渐渐沉下来的黄昏
我想一定还有
一双眼睛也在看着我
那在时光中把美运送到虚无的事物一定
有它们暗不下去的部分

2021 年

老　丁

早上起来心里不安,总感觉有什么事要发生
果然,中午接到老丁的电话
说他的摊子被收了,水果滚满一地
进的二十元钱一斤的樱桃,一颗都没卖出
老丁是我一个远房亲戚,三岁
得小儿麻痹症,十二岁父母双亡,近年来
这人间的营生,他有能力做的都做了一遍
开过麻木,看过大门,守过仓库
但因干活不利索,几乎每一样都没有善终
现在年纪大了,在镇上摆摊度日
虽是小本生意,一日三餐外也能略有盈余
亲人们都由衷地为他感到高兴

可眼下这条生路也断了。我说老丁等哪天
我回去找熟人帮你把水果摊再摆上
但工作忙碌,我也不知哪天能回去
老丁年轻时曾开玩笑说,这世上的道路
在他这个腿有残疾的人看来都是不平坦的
没承想这句话应验在他年近六旬再也和生活
开不起玩笑的时候。晚上气温陡降
天气预报说老家一带气温将降到零度以下
我忍不住又给老丁打了一个电话
让他去找一下镇政府,看能否办一个低保
但老丁说,他不想给政府添麻烦
并让我不要为他担心,等开春天暖和以后
他再去县城碰碰运气,他说城关
拆了几条街,那么多工地总会找到活干的
再说谁又不是一拐一瘸地在这个世上
讨生活呢——老丁在电话中
故作轻松,但在电话这头,我还是能感到
他无奈的叹息,放下手中的电话
我一下子竟不知如何是好,我甚至觉得连
安慰他的资格都没有,在这人间
有谁知道老丁生活的苦呢?他虽有一条腿残疾
但似乎比很多人都站得直、行得正

2021 年

论美的绝对性

即将消失的事物之美比正在生长的事物之美
更为持久,就像一位垂暮老人
当他(她)头上的白发
和脸上的皱纹把美镌刻在持久的生命意识中时
"丑"对他(她)不再是一个有效的字眼

2022 年

鹰

天空下起了小雨,灰色天幕下
突然闯进一只鹰,它
不断盘旋、滑翔
也不断地拉升着天空的高度
老瓦山一带很长时间
没有见过鹰了,它的出现

让人仿佛置身遥远的
少年时代。它是否也在寻找
过去的记忆？一只鹰
并不和人构成必然联系
但我知道，这只鹰也是
我记忆中的任何一只，它一直在天空飞
从一个人的少年，到中年

2022 年

星巴克咖啡和泛着水光的稻田

星巴克咖啡前有一片泛着水光的稻田
插秧人正随着秧苗一步步往后退
咖啡馆墙面的落地玻璃
映照着蓝天也映照着他们插秧的身影
远远望上去，他们就像
在天堂里劳作。我不知道他们插完秧
会不会走进咖啡馆点上一杯咖啡
但我知道他们特别能吃苦
那种永不会有人为他们加上方糖的生活之苦

2022 年

一树紫藤种在楼顶

我种有一树紫藤
从老家的山中挖来时还是一根独秆
在空阔的楼顶,没有可攀缘的树木
它就自己生出三条枝
相互缠绕着一起顺着墙往上爬
它的根须横盘在种植箱里
再不能像在乡下山中一样自由伸展
不知它可曾感到委屈,当
它第一次伸出一串花蕾打量着这里时
它是否感到陌生。你看它
是多么胆怯,红紫色的花骨朵儿
探头探脑依次打开,大概因看不到
周围有任何树木、藤蔓和花枝
它又将自己藏回叶簇中

2022 年

耕　　田

田野里有一辆耕田拖拉机
我的堂兄亚兵
正满裤腿泥地坐在上面
田里开满了紫云英
那些粉嫩花朵
正被拖拉机一犁犁压入泥土中
没有凌驾客体的美
只有服膺生活的花
我的堂兄不懂得美但懂得生活
只见他像一位将军骑着
他的骏马一样
熟练地驾驶着他的拖拉机
很快就把一片开满紫云英的花海
犁成一片泛着白光的水田

2022 年

中 秋 记

暑热未消,树梢带来的时序变化
敌不过气温的顽固。梧桐
未黄,栾树也不见了往年的层次
似乎生命的自然属性并
不能制约生命本身,解暑的雨水
一直没到来,中秋还是
盛夏装束,"丰收"成了一个假性词
明月也不再具备愁思意义
孤悬的仍然在孤悬,天涯所共的
此时,也不过是无数日子中
一个庸常的时刻,看不到清朗的
高天,也没有缤纷飘零的
落叶,只有母亲在腌制过冬的梅干菜
父亲在屋顶翻检流水错动的灰瓦

2022 年

母亲不是一天变老的

我的母亲不是一天变老的
但我知道她是从哪一天开始变老的
母亲在槐树下清理针线筐
其实没有多少需要缝补的东西
但母亲认为生活就是缝补
旧衣服贴身,领口、袖口和胳膊肘
再补补,又是一件新衣服
母亲一手举着针,一手捏着线
半天也没能把线穿过针眼
母亲大约就是那时开始变老的
我记得那是一个冬日下午
在经历了一次又一次的失败后
满头白发的母亲突然把针线放回针线筐
然后一个人闭着眼,坐在
那儿一言不发,神情沮丧
而落寞。那瞬间的苍老,就如
一座皑白圣洁的雪山突然从内部崩塌
它的高大也一下子矮了下去

2022 年

新　生

山门前长着一排桂花树，殿堂
从明代一直修到今天
桂花树是旧的，但长出了新枝
正午的阳光落在屋顶和树冠上
那个在寂静中
重获新生的人敛手碎步走在青石板上
如山门边高高的桂花树枝叶低垂

2022 年

夜 过 山 寺

在幕阜山一座破败的寺庙前
太阳像被诅咒的命运，落山后仍然
执着地跟着我，你说太阳
从不挑剔它普照过的事物

黄昏时它将落入所有群山的怀抱
但当夜晚来临时，你会发现
夕阳落入山中，没有什么
能躲过黑暗的围剿，像山寺并不能
用灯光聚拢那些仍在山中
劳苦奔波的脚印。山间草木耸立
林涛暗涌，你进而会发现
千百年以来，那睥睨一切的不过
都是你我一样凡俗的过客
人间从没有什么圆满的功德，只有
心中的执念让人疑窦丛生

2022 年

烟　　花

灿烂之后归于沉寂，其实你知道
烟是烟，花是花
为瞬间的绚烂而接受呛出泪水的烟
像一个人不堪黑暗
而拼尽最后的一点力气点燃自己
这可能就是万物和生活剧烈

较量的理由和意义
就像生命有它的在所不惜,烟花
也有它的奋不顾身
从花的短暂、热烈、灿烂、虚幻
到烟驱之不散的真实
烟花替我们驱除生活中的虚妄和庸常
从不回头去看身后满地的碎屑

2022 年

枯 草 赋

荒地上有一蓬随风飘动的枯草
并非所有的草都能死而复生,我不明白
它为什么还要倔强地开启它
不知所终的命运,在这个寒凉的冬日下午
我是不是也有这样一颗枯萎之心
一生孤寂的长旅倒在无所依恃的灵魂血泊中
听不到故乡渺远的歌唱,我心伤悲

2022 年

乌　　鸦

池塘边的白杨树上
一只乌鸦看着其他的鸟在黄昏中吵闹
因乌鸦身上的羽毛和叫声
有的鸟皱起了眉头
认为乌鸦的形象不合时宜
似乎一个聒噪的时代并不意味着任何鸟
都可以加入它们的合唱
我熟悉乌鸦的鸣叫
嘶哑的呱呱声确实如喝倒彩
但是它们却不知道
那是它与生俱来的声音
它身上的羽毛也只是
单纯的黑,并不暗,与这个不断暗下来的
黄昏不同,它通体乌黑的羽毛
还有着细小柔顺的光亮

2022 年

杜　　鹃

父亲大病后的那年冬天
我和辍学在家的二姐上山去打猪草
杜鹃在水库边的冬青上
苦啊苦啊地叫。那时候我不认识
冬青树，也不认识杜鹃鸟
我和二姐挎着装满了猪草的竹篮
在马岭听见了它的鸣叫
我一边跺着脚一边搓着冻得通红的手
问二姐这是什么鸟，转身只看见
二姐眼含着泪，说这是杜鹃
她从没听见过杜鹃叫得这样悲苦哀伤
像一个人在哭自己的命

2022 年

听一个木匠谈论人生

从一个落榜的书生到一个手工业者
他一直试图在木头和器物之间
建立一个有生命的世界——除了
木头，这世界上没有什么值得我
信任的东西，他们往里面加黏合剂
钉铁钉，像往一个人的身体里
填充续命的异物，只有木头们知道
它们再不是完整的自己。人生
就是不断地给时间、空间填充他们
认为有价值的东西，而终导致
被外物所役使——在这个深秋的
下午，一个木匠谈起他的手艺
有一刻他就像从前那个爱做木工的
皇帝——一个好木匠一定
知道深度的自由和深度的快乐
是一样的——没有什么废弃之物
物尽其用改变人们对待生活的
态度，这也是通往人类理想的
必由之径——你看那些在深山中

自由自在生长的树木,壮而直的
杉树、落叶松因其有用而遭到砍伐
弯曲的漆树、黄杨木因其无用
而得以终其天年——这就是生命
永恒的悖论,人和树木莫不如此

2022 年

两河交汇处的村庄

河流交汇的地方,干流和支流就像
一棵树和它的枝丫,如果
再缩小它们的比例,则像人身上的
众多的毛细血管。多年来
我们住在其中两河交汇处
我们种水稻、玉米,也种花生、红薯
和甘蔗。我们引河水灌溉
也取河水沐浴,有那么多诗文
写到它的宁静、闲适、淳朴和自由
摊开其实都是艰辛遍布的生活
就像那年夏天,洪水泛滥
我看见一艘运煤的木船被江浪掀翻

浑浊的江水缓缓冒出一团污黑
像一个人淤积在胸中的血缓缓散出
而洪水过后是漫长的干旱
河水日渐见底,河流两岸禾木尽枯
我的亲人们只好背着包袱
前往江北的沔阳、洪湖一带讨生活
两河交汇处的村庄,就像
一个拥堵在我们身体静脉上的血栓
让我们的身心至今隐隐作痛

      2022 年

纸　　鸢

我喜欢纸鸢在蓝天上,一根细线
从遥远记忆中牵出,我喜欢
它为摆脱那一根细线,在风中挣扎的姿态
竟显得如此轻快、优雅,而自由

      2022 年

老　虎

园中的老虎有些老态龙钟
一只老虎的悲哀就在于此：没有可以
长啸的深山，它的骨头会更快地老化
肉也更早地松弛下来，并露出
怯懦的皮相。那么高的栅栏，那么深的
沟涧，对它都不再有意义
它甚至不能偶尔露出如炯的目光，像英雄迟暮

2022 年

山　洪

站在高高的山顶往下看，洪水
就像一匹脱缰的野马
从山间奔涌而出
并在这个大雨初歇的午后

产生出巨大的轰鸣声
所有的自由都来自对约束的摆脱
没有了辖制和立场
山洪就像啸聚的盲流,咆哮着
快要把山下面的水库淹没
而水库中自由游动的鱼儿
此刻也不得不屈从于山洪所谓更大的自由
在动荡不安的水面跳来跳去

2022 年

雁群飞过

大雁出现在瓦棚镇上空的时候
上街铁匠铺里的老年铁匠夫妻仍然在打铁
池塘里起鱼的男人仍然在收网
作坊里的女人们仍然在烘烤月饼和炸麻花
只有学堂里的留守儿童望着窗外
停下读书声,只有那个年轻的女教师走到
窗前,然后又一个人缓缓背过身去

2022 年

芦　苇

一片芦苇生长在水边
在午后暴雨中，它们没有倒下，而是
呈现出高于水面的波浪
它们掩护着采菱的小船在风波中出没
也支撑着一些顶着风雨的鸟
立在它们顶端惊险而欢乐地摇晃
很庆幸我看见芦苇和鸟
都没有被时代伟大的激荡所俘获，并因其
无惧超越了我对它们固有的认识

2022 年

扫　落　花

城市街道上，行走着车辆
也行走着一些纸片一样没有灵魂的人

一些树叶飘落在地上,被
扫进垃圾桶,一些落在地上的樱花
被她拢在一块干净的地上
在都收拾好后,她又轻轻把花堆摊开
用手机对着花瓣不停拍摄
她本想等樱花盛花期之时
拍给女儿看,但没想到昨夜狂风大作
花朵吹落一地。她想女儿
已长大,她会明白,只要努力绽放过
凋零飘落的花朵也是美丽的

      2022 年

走在老瓦山途中

走在老瓦山半山腰,我看见
真实和虚构之间
只隔着山间一片飘忽的云团
那么多分岔的小路
沿着山坡蜿蜒而去
它们曲折迂回的美似乎可以
冲抵我们对生活

曲折迂回的焦虑和恐惧
从远处山坡上孤傲绽放的杜鹃花
到在悬崖从容跳跃的黑山羊
从山坳中的流水炊烟
到更高处台阶上挑夫弯下的脊背
似乎生活中的宁静闲适之美
从来就是这样和人生中的
劳累奔波之苦相映照

2022 年

采石场边上的树木

在半面被掀去土层的山坡上
树木露出它紧紧抓住裸露石头的根茎
像一个人脚背凸起的青筋
那些树在不为人知的地下要经历
多少痛苦挣扎才能支撑起
它们在地面上的躯干，夏日炎炎，走在
这座废弃采石场，我看见
满地碎石和零星散落的枯枝残根
突然感觉有一棵落叶松将我拦腰抱住

它落下的枯黄的松针像骄阳一样
将我的皮肤轻轻刺痛和灼伤

2022 年

在屋檐下看雨

雨水来临,从屋顶瓦槽流出
先是一滴一滴往下落
带着砂粒和草屑
然后是串珠般往下流
逐渐形成一道透明的水帘
依赖屋顶的斜面
瓦屋在风雨飘摇中得以
守住自己的宁静
这情景让我想起苦命的父亲
因为懂得倾身
得以在人世平安行走
也让我想起年过半百的自己
因为庸碌无为
又不肯向命运低头
只能在这样的雨日

在屋檐下闲坐、发呆,目睹自己
前半生在雨中轻轻落下

           2022 年

刮春泥的女孩

下雨了,女孩坐在门前刮布鞋底部的泥土
雨中开满了新年的桃花
其实李花也开了,在河两岸
油菜也披上了金黄明亮的衣裳
但女孩只顾用瓦片轻轻地刮着鞋底的泥土
女孩刮下的泥土中,有草屑
落叶,也有花瓣,我看见女孩刮着刮着脸颊
突然变得绯红,扑哧一下笑出声来

           2022 年

卷　　柏

征蓬之一种，等同被流放的苦役犯
它能在绝境中自断根茎
顺从命运在荒漠中随风翻滚
它不从众，很多时候也不存在立场
它所经历的苦难告诉它
生命不过是一次次残忍的自我放逐
是孤独，以及自己枯萎的外表
紧紧裹着的、不死的心
造就了自己的命运，那偶尔
从天而降的甘霖，并不是什么神的恩赐
而是生命自我不懈坚持的结果

2022 年

天堂孤悬在空中，像旧梦一场

第一次坐飞机，他从舷窗往外看见白云

在天上堆出人间形状
看见奔腾的马,没有尘烟
看见温驯的羊群蜷缩在白雪覆盖的原野
像沉沉地睡了过去
看见一根若有若无的绳索将白云
像棉花一样悄然弹开
他还从中看见寂静的河流、村庄,以及
父亲隐约的身影,他一直
认为天堂就是我们经验世界的
一个倒影,没想到天上
竟如此冷清,当飞机偶尔倾斜着身子
在天上颤动、摇晃,他就
闭上眼睛,想象自己正在重返人间,而
天堂孤悬在空中,像旧梦一场

2022 年

糖　　精

一种甜味剂,小小晶体
几颗就可使一桶水变甜
我偷吃过,用手沾一颗放在舌尖
满嘴的甜蜜在口中漫延

如果让手指沾满糖精再放到嘴里
就有一种说不出的苦立即充满口腔
那种所谓甜到极处的苦
要经过很长时间才缓慢散发出甜
就像那些年我们的生活

2022 年

想起那年父亲带他去玉门关

春天来到,日子越来越长
七点钟的时候天还没有彻底暗下来
少年想起那年父亲带他去
甘肃玉门关,晚上十点半
太阳还挂在天空,他看见茫茫戈壁
在阳光蒸腾起来的水汽中
如波光粼粼的大海,不理解为什么
人们要说它春风不度,并
将它描绘成一个孤远、荒凉的世界
父亲说日子的短长是生命
与生活周而复始较量的结果,唯人
要永远被它所驱赶、鞭笞
那年少年十二岁,他不知父亲生命

只剩下九十余天。他问父亲
人生怎样才算是完美,父亲告诉他
蓬草随风飘摇是一生,胡杨
千年屹立不倒也是一生,万物都有
它刚刚好的一生,只要短到
可以接受,长到可以忍受。至此他才
明白,为什么时间恒在,却总有人
将它剪成一截截、一段段

2022 年

琥　珀

两只蝉被封在透明的松脂中
栩栩如生
没有一丁点挣扎的痕迹
去除了芜杂
高仿真的琥珀透明得没有任何瑕疵
蝉反倒像虚假的仿制物
其实人们并不喜欢过于透明的东西
他们之所以喜欢琥珀
我想是喜欢松脂对蝉声音的消灭
以及对它透明的囚禁

蝉一天天知了知了地聒噪
它是否真的能揭开某些事情的真相
对制作琥珀的人来说并不重要
重要的是蝉终于闭上了嘴,并表现出
对命运摆布的欣然接受和顺从

2022 年

路 边 摊

春天有一条长长的飘带从江边飘到
公路一侧,山边垂下的白花继木
飘出淡淡的花香
塑料布支起的路边摊内
左边是黄瓜、辣椒、茄子和番茄秧
右边是小篮的地米菜和紫藤花
苗条柔弱的蔬菜苗,青绿的地米菜
粉嫩的紫藤,一个早春的早晨
显得新鲜、清亮而芬芳
但相对棚内忙碌的母亲,我更喜欢
那个伏在方凳上写作业的少年
青春的脸上长满青春痘的少年
当他偶尔过去帮母亲分拣各种蔬菜苗时

风就替他翻开那些彩色的书页

2022 年

椴木林和乱石滩

我从没见过这样的河谷,石头叠着石头
不分高矮胖瘦,我从没见过
这么多的椴木,一株一株从乱石中长出
仍然有着旺盛的生命力
河谷不远处是一座明代书院的遗址
据说书院是用河谷中的石头建造的
乾隆年间曾囚禁过众多桀骜不驯的书生
如今书院仅存的石头泛着青光
河谷中的石头们仍然裸露着苍白的身躯
书院遗址中的石头穿过遥远的时光
像受到教育,椴木在河谷的石头下扎根
仍显示出石头冥顽的本性
走在狭长的河谷里,你会发现如此多的石头
混乱无序,但仍然在滚动
椴木林将阴影投向河谷,最阴暗的地方
仍然有细碎的阳光在穿越
有人说和书院遥遥相望的乱石滩

是沿途不甘命运的石头投身洪流的结果
这是否也是一种自我教育：人间从
没有石头自建的集中营，也没有椴木自造的樊笼
它们都不过是某种不测命运的象征

        2022 年

落日和星辰

那年深秋的一个下午
挖完红薯，我和母亲坐在山坡上歇息
夕阳正悬在前方的山坳上空
我们看松针青、枫叶红
看长空中的鹰伸展着金色的翅膀
池水泛着深邃的波光
我们看见背阴处的野豌豆苗
开出嫩红的花，看到落日消失后
柿子继续把时光延长
母亲说没想到落日这么好看
吃完晚饭后，母亲为
待嫁多年的姐姐赶制过冬的衣服
在我的印象中，母亲
第一次没有使用她自织的土青布

而是选用从镇上买回的
浅蓝底套白色碎花的混纺布
那天晚上山中起了秋雾
当母亲和姐姐在蒙蒙夜色中牵开布匹时
我仿佛看见满天的繁星
又悄悄地从天上潜回了人间

2022 年

为春天写首诗

我要为春天写首诗
为湿润的大地
也为奔涌的河水
为屋后的桃花
也为天空斜织的细雨
为清晨的飞鸟
也为黄昏倔强滚过远山的雷霆
为重新长出嫩芽的枯木
也为那些没有熬过冬天的虫蛹
春天来了,耕牛
在河滩悠闲地吃草
小狗在阳光下追逐嬉戏

身陷疫情中的人开始走出悲伤
我要为春天写首诗
为这秘密的欢乐和看不见的烦忧
都如小草不知深浅地钻出地面

2022 年

书 房 记

拉开暗红色的窗帘
阳光可以直接照在那些书籍上
如果夜空晴朗
月亮的清辉也可以洒在书籍上
那个终年坐在
书桌前的中年男人
光线透过阳台照着他清瘦的身影
照着伏案午睡的他
偶尔也照着替他翻动
桌上书页的清风
日长人困,很多时候似乎
是一张张纸在替他翻阅这清凉的人世

2022 年

致一座小木屋

我从不在生活中和生活锱铢必较
大地如此辽阔而丰饶
我从不计较我拥有的
其实只是一座破旧低矮的小木屋
也不避讳自己一直
生活在一种不真实的高度里
如果树木高过落叶层层覆盖的屋顶
我将欣喜它在寒凉来临之前
获得自然温情的加冕
我将独享这独一无二的宫殿
我不计较它像我曾经
不愿意放弃的理想在日益葳蕤的林中
变得越来越矮小,也不计较
它周围的世界变得越来越狭小
我只希望它望向的天空依旧高远而阔大
在这个浮泛的时代它仍然是它自己

2022 年

第四辑

雁群飞过

年末和朋友在山中聊天

不是大众认可的生活,但一定是
自己选择的生活
年关将近,在朋友的山庄喝茶聊天
我们聊疫情三年来的变化
聊中东和以色列
聊俄乌战争以及台海风云
聊米沃什文字之外的另一个欧洲
聊茨威格的绝望
聊魏晋乱世也有空绝后世的风度
聊美国大萧条和
罗恩·拉什的《艰难时世》
也聊山顶的积雪和
我们这个时代化不开的淤青
凌空蹈虚清谈中
朋友的夫人在后厨准备丰盛晚宴
我们眼前的茶盏
不知什么时候换成了酒杯
这个不肯屈从时代又不肯放过
自己的书生从瘟疫、战争

家国、时代与人
一直谈到琴和剑。然后指着墙角的
杂草说：又是艰难的一年
我们都将成为蹉在寒风中的草木
因为沮丧或激愤，他显得
有些颓唐、偏执
而山庄外，我们来时的山路
正在薄雾中沉浮，与山路背道而驰的落日
和落日里的飞鸟正在往黑暗里藏身

2023 年

星　　夜

山中寂寥，天空和星星越来越孤独
遍地的道路在月色中浮起，都像是歧途
那么多鸣虫不肯睡去，都像在避世

2023 年

萝　卜

菜地开满了淡紫色的萝卜菜花
素雅、干净、明亮
拔出它们的根，我们看到的
是一个个熬尽水分、布满褶皱的萝卜
它们被网络所包裹，那么小，心却全是空的

　　　　　　　　2023 年

湖边打盹的老人

它有茫茫无际的、不能横渡的水面
他曾经无数次目睹过
它的风平浪静，或者波涛汹涌
他贫穷、年迈、衰老
他拥有如此宽广、开阔的视野

却想不起自己年轻时置有一叶梦的舟楫

2023 年

转 经 轮

一定有一部永恒的经卷在引领着众生
在俄合拉村,天空下起了雨
一些人在雨中看藏戏
娜夜教我和江非转起了经轮
顺着时针,转动经轮就如同
翻开一页页古老的经文。转完三圈后
雨开始有点缠绵悱恻的味道
我们又谈起年轻的仓央嘉措
蒙蒙细雨中,想起我们每个人的业过
也伴随各种爱的执念
似乎转动的经轮即刻让悲悯布满雨中的天空
并使我们的内心变得宁静和虔敬

2023 年

凝　　视

如果你久久凝视一个东西
它也会凝视着你。你在夜晚仰望星空
你盯住的那颗会越来越亮
你在清晨看一朵花，花朵会越来越艳
并涌出清亮、细小的露珠
在幕阜山，所有自然之物
都可以和人交互感应，我亲眼看见过
牵牛花在一群鸟飞走之后
缓缓收起花瓣。我的祖母晚年一个人
独自守在上林老屋，门前
两棵祖父生前手植的樟树越来越粗壮
顶上冠盖相交，树干似乎
也快要合抱在一起，我不止一次看见祖母
凝视着它们，然后红着脸别过头去

2023 年

七月十四日晚路过石城村

我只是路过这里,云彩在天边
只剩下一线光亮,田野上飘着晚稻花香
一个少年正在路边为逝去的亲人烧纸
我走过去借火,他递给我一根
闪着火星的枯枝,问能不能也给他一根
他的父亲生前也抽烟。我从烟盒里
抽出三支给他,他说谢谢叔叔
我父亲从来没有抽过这么好的烟,然后
把烟丢进火中。烟落入火堆后
我看见火光暗了一下,接着又亮了一些
而在不远处,苦楝树上停着的
一只灰椋鸟,像是突然间受到了惊吓
嗖地一下飞离树梢,可能是渐渐习惯了黑暗的
缘故,我感觉天并没有继续暗下去

2023 年

黄昏的南江河

我是在黄昏时分回到南江河的
呜呜作响的晚风中
南江镇在两岸灯火和河水粼粼的波光下
就像一个中年人在晚归途中
眼含着热泪,又像
早年南江河边一炉即将被封膛的窑火
使薄雾笼罩的江面生出暖意

2023 年

禾苗和杂草

长着禾苗的田间也长着杂草
杂草除而复生,有比禾苗更顽强的生命力
但当禾苗的根深深扎进泥土
一天比一天长得壮实

杂草的生命力就会一天不如一天,并在禾苗
从抽穗到结粒过程中寂寂枯老于田间

2023 年

浮　　云

正午,一朵白云从头顶飘过,轻盈、散淡
看着这无所凭借的事物
藏身自己的阴影,成为天空的一部分
她感觉自己的身心也轻了下来
感觉人生如日中天的时刻莫不如此,莫不如
此时事物的阴影轻轻扶住事物自身

2023 年

雪 中 行

雪还在下,那些正被雪覆盖的脚印

只有在逆光中才隐约显出形状
仿佛人世所有的行走都不过是徒劳
都抵不上这些美丽而又虚无的花朵

2023 年

屋顶的炊烟

雪花压低屋顶,天空灰暗
一座荒凉的旧屋,大雪不能覆盖的
烟囱扎向高空虚无而寂灭
想起从前大雪中群山因高峻而幽深的怀抱
炭火在老屋灶膛里闪闪发亮
将刚煨熟的红薯轻轻掰开
它滋滋冒着热气,好像我们手中
正握着一个已拉开的手雷
满满一瓦壶的雪团烧开后
却只得到小半壶水,我们嘲笑雪
也像棉花一样蓬松而臃肿
母亲把鼎锅中的米粥匀出一部分
给刚生了小牛犊的大黄牛
然后带我们把积雪覆盖着的小路铲出

那时的雪比现在的大
但寒冷使温暖加倍,日近
晌午,我们总能看到屋顶炊烟连云直上
并渐渐地成为天空的一部分

2023 年

地　　笼

在一条河中放置地笼,在黄昏
在夕阳将逝未逝,在贫瘠的河水变凉
薄雾渐渐使河流变得虚幻时

把包着饵料的粗布扎紧
把地笼一节节放进,当再没有光进入
河水时,诱惑在黑暗中慢慢发生

很多年,我一直记得那些鱼虾
在河水中沉浮,为那点不可得的食物
一头扎进黑暗中的樊笼里

当太阳初升,地笼被拖出河面时,它们

却发现自己已死在黎明的光线里

2023 年

夜　莺

夜莺在黄昏时
邀请众鸟参加它在林地中
举行的音乐会
它婉转、娇羞的声音
在没有歌唱时
同样令人陶醉
这是林地中唯一拥有
自己夜生活的鸟
这样的描述几乎可以以假乱真
它以姿色，以
乱人心魂的鸣叫
试图独占林地夜空的寂静
那使人昭昭的，也足够令人昏昏
像时代和它淫荡的呻吟

2023 年

晒 稻 谷

稻谷晒在公路的一侧,铺着新沥青的
乡村公路在秋阳下一边漆黑
一边金黄。偶尔有鸟雀
停在上面啄食谷粒,树下坐着的老人
并不起身驱赶,似乎这些
和他一起经历耕耘的小生命都配享有
他种植的粮食——这是
八月的乡村,上天沉默地看管着大地
鸟雀喧闹地陪着老人孤寂地生活
鸟雀、老人以及稻谷都是
同命的事物,它们一起被晾在乡村公路上
在漆黑的一侧,也在金黄的一侧

2023 年

乌头花和蜜蜂

往江西山中长有一片乌头,青绿的叶
紫色的花,冷艳又高贵
看似不起眼,但其根茎花叶都含剧毒
小时候我随父亲去深山中
挖过它们的根,在药店能卖个好价钱
但蜜蜂在它的花蕊中采蜜
我还是第一次看见。蜜蜂是如何避开
其剧毒的,有人说是因为
蜜蜂身上藏着一根能解百草之毒的针
有人说是乌头的花心本来
就是甜蜜的。我坚定相信后者
就像我相信万物本性的善,我相信剧毒的
乌头也有它细心呵护的、善良的部分

2023 年

大风吹过

大风吹,大风吹过山村
几乎所有的事物都朝着一个方向倒去
沙石疯狂扑向一边的灌木群
草屑、树叶也在风中乱舞
只有一只垃圾袋,以为得了势
鼓满风,试图逆着风前进
只有一件单衣,失了胸襟
抖着双袖,像一个平面人在风中挣扎
风吹山腰灰瓦白墙的小楼
也吹山脚低矮土屋的屋顶
直至黄昏时才渐渐停歇下来
大风过后的山村服服帖帖
一些弱小的草木倒地不起
那些高大、刚烈、无所依靠,又不肯
低头弯腰的树木都被风所吹折

2023 年

和汤养宗、徐家强等在南浦溪畔

流水指引方向,在南浦溪畔
人们想到经此出入中原的陆游和林则徐
但我好奇的是南浦溪在这里
拐了一道弯,刚好弯住这座古老的城镇
一条流水有它的冲决、奔腾
它为什么会在这里平缓下来,可见
自然也有它无言的奥秘,它在这里缓下
脚步,可能正是和浦城命定的约定
就像江淹在此黯然销魂,就
像这告别的夜,我们穿过众多街道
来到这里续叙这短暂的相聚和相离,看
两岸灯光照见山高水阔、人生如寄

2023 年

开在春天的梅花

我见过骄傲的梅花
在纷扬的雪、洇开的宣纸和寂静的文字中
我见过梅花开在渣土车旁
下面是车轮碾过的、冷黑的泥土
也见过一朵梅花开在寂静的深夜
在窗户上留下落寞的剪影
我见过的梅花几乎都被不属于它的东西
所映衬,带着高傲、冷漠
也带着惊艳。唯独在今天的陈塘
我见到梅花和海棠、野樱
以及迎春花同时开放在阳光中
热烈、奔放,像一个冷艳的女子放下矜持
和世俗的快乐紧紧地拥抱在一起

2023 年

春天县城的街心花园

春风吹薄少年的衣衫,吹动
少女宽大的裙摆,春风有小欢乐
一位中年人捂着自己的腹
独自坐在公园冰凉的铁椅上
阳光照着他的背,春光有小沉默
一位老人佝偻着腰在清扫
春天的落叶,嫩绿的草地上躺着
暗红的叶,春色有小凋敝
只有高高的树梢正在啾啾而鸣的鸟和
藏在叶间的青果不问世事
交相辉映,又动静相宜,在这个早春
仍保持着传统的中庸之美

2023 年

春 日 迟

下课铃声响过,年轻的女老师
还在拖堂,这迟迟的春困让人发愁
有学生开始心不在焉
望向窗外,窗外桃花正艳
有一枝已斜伸到窗户上
余楚婷的魂魄也飘到窗外了,她
侧脸的样子真好看。我看到
她颈脖颀长而白皙,耳廓是透明的
世界有五大洲四大洋,女老师
还在继续。五大洲四大洋是不是都
在春天里,有人伸长脖子
问老师大洋国在哪里。老师露出
疑惑的表情,教室里哄堂大笑
那是黄小虎所编故事里虚构的国家
窗户外趴满小孩,女老师想到
该下课了。那些小孩都是等教室里
同村的男孩和女孩的。春恹恹
年轻的女老师扶了扶眼镜,宣布
下课,教室里嗡嗡嗡一阵子,突然

全空了,像蜜蜂一样消失
女老师望向窗外,花开得很明亮
阳光有一点刺眼,她的男朋友捧着
两个饭盒正在阳光下朝她微笑

     2023 年

一件旧针织衫

我保存有一件旧针织衫
它的左肩和右肘处均有明显的破洞
袖口处也有地方散了线
它是由旧线手套拆开后编织而成的
我记得那些破旧线手套
残损、肮脏,姐姐将它们从工地上
捡回、洗净、晒干,然后拆开
拆着拆着它们就断了头
针织衫因此有着不少粗细不匀的结
这是我生命当中穿过的
第一件针织衫,姐姐陆陆续续
织了半个冬天,它明明
是一件新衣服,穿上身却像是旧的

我从小学二年级起一直
穿到五年级,开始松松垮垮到膝盖
后来只能勉强遮住腰部
它破了补,补了又破,像极了那个年代
我们反复折腾但又无力改变的生活

        2023年

一株盆栽的三角梅

一株盆栽的三角梅
冬天来到时,叶子一夜间凋落殆尽
它的干布满丑陋的疙瘩
很难想象半月前它还顶着满树的花
这是我搬家买的植物中
唯一一株和我熬过三年疫情的苗木
第一年冬天它的花叶落尽后
我以为它已经枯死
就将它随意丢在墙边角落里
等待来年彻底死去之后再清理瓦盆
栽上其他植物,没想到
第二年开春时它又活了过来

披一身小绿芽怯生生地倚在墙角
并在端午前开出比以前更加明艳的花枝

2023 年

重回上塘

走过田家冲、港背金家和上塘
新路伴着老路,我看见
亚兵家只剩下几堵破旧的土墙
学堂门前清浅的河面上
小小浪花如珠玉结成线的乐音
仍在轻轻跳跃,你记起
编着两条粗壮的麻花辫,穿着
白色塑料凉鞋的丁小红
那时候我们总是喜欢以捉弄的方式
去喜欢一个漂亮的女生
往她书包里塞蚂蚱、抽屉里放螃蟹
也总是被女老师惩罚去
扯操场上的草,擦教室的门窗
如今的学堂空明、寥寂
没有丁小红,也没有操外地口音

穿着高领毛衣的年轻女教师
只有齐窗高的蒿草杂木
望着河水从操场边绕过又去往远方

2023 年

新年的钟声

新年的钟声响起,飘荡在每一处田野
每一座村庄,每一条河流的上空
嗨,新年,把旧年的忧伤
丢进河里,让它们乘着落叶去往远方
点燃路旁的枯枝,让它
温暖人们过去一年的孤寒,愿世界
所有战壕里那些怀抱枪支
和衣而睡的年轻士兵在此刻梦见母亲
而忘掉自己祖国,愿此刻
为生活仍在途中奔波的人有一个美梦
重返光明而永别黑暗,愿
穷困迷茫中的书生仍不失青云之志
商贾权贵重新找回他们的
济世之心,愿疾病伤痛从此远离人世

在故乡的山野中烟消云散
愿此刻的钟声绕过仍在熟睡中的少年
而陪伴仍然在厨房一直忙碌着的
父亲母亲,愿明天的太阳
照常升起,煌煌照耀着从阴霾和黑暗中
走出来的每一寸土地,每一个人

2023 年

秋　　雨

一个落第的书生刚登上山顶
天空就突然下起急骤的雨,来不及回首
来路已隐匿于莽莽群山之中
少年的时候如山羊在山中奔跑
那时的他从来不曾觉得外面的世界
是如此曲折、坎坷和陡峭
想起自己读过的唐诗中,众多书生
一生都在通往长安的途中奔波
不知他们是不是也遇到过这样急骤的
秋雨。他们寄身寺庙、客栈
或荒野,会不会有人体恤他们仍滞留

在寒风单衣的南方。他看见
雨水仍然从南到北敲打着大地,从
满山黄绿的幕阜山顶到山下
空蒙的村落,他似乎也听见雨水正在
敲击家中灶台上空空的铁锅
风吹过来始有凉意,但他不能承受的
不是这高处的寒,而是孤寂
是在风雨中,一只黑山羊跳跃于山岩之上
看不清楚湍急水流彼岸的孤寂

2023 年

鲜花与牛粪

绿有层次地向远方铺陈
狼毒花点缀其中,像毛毯上的暗花
浑身长满毒素的狼毒花
开得美艳而无辜
像是造物对孤寂的补偿
只有在这里,你才能看到人世间有
多少鲜花和牛粪相伴生
花草的沁香并不比

一块牛粪的臭更加新鲜
一个诗人也不后悔在这里写下人生的
第一首失败的沮丧之诗

2023 年

孤　鹰
—— 致阿信

天空中有一只孤独的鹰，大地上
到处都是神留下的痕迹
经筒在流水中转动，也在流云上转动
你告诉我，神也在人间写诗
在这个诸神隐身的时代
这是多么可贵，因此我们并不着急
只等那终将降临的一切降临

2023 年

捞　月

每到中秋我都会想到猴子捞月的故事
猴子们从槐树上探出身子
一只勾着另一只去打捞井中的月亮
晃动的月，不真实的感觉
想到它们，我也常常想起自己一生中
有多少时候和一些人合力
做着这样一件根本就不存在的事情
井中的月亮可以瞬间被打碎
并消失得无影无踪，而我们梦想中的
月亮却是一种无法毁去的
致幻剂，且绑架了我们无数快乐的时光
在我们和猴子之间
这个杜撰的故事到底是对猴子审美的赞赏
还是对我们愚蠢和虚妄的无情嘲讽

2023 年

神农架的麻雀

在我的印象中,麻雀的飞行
从没有高过故乡路边的电线杆和树梢
有一年和家人去神农架
在海拔两千多米的山腰看到一群麻雀
也在路边玉米地里啄食
我想在这么高远开阔的地方
它们一定比故乡的麻雀飞得更高、更远
但它们的飞行仍只是比树梢
以及路边的电线杆略高
好像它们飞行高度并不因站位高低而
显得和别处的麻雀不一样
它们虽在高处,视野却没有
变得更加开阔,似乎它们总是随身带着
一卷丈量乡村树梢和电线杆的标尺

2023 年

20世纪80年代初夏的一个早晨

阳光从长达半月的梅雨中钻出来
它照着江边的邮政大楼,也
照着江边樟树下长满瓦松的屋顶

一艘驳船在江心冒着白烟
金色的河面就像一幅印象派油画
有人穿着背心沿河边跑步
有人已在河边伸出长长的钓竿

搬运站队长吕正钢正提着
一副新鲜猪肝从桥对面走来,他
即将在河这边碰上手端豆腐的
卫生院年轻女护士蒙可

那是遥远的20世纪80年代初夏
风正翻山越岭从南方吹来

那时蒙可还没有喜欢上吕正钢
南江河一片碧绿,河边的玉米

也没有撑破它身上紧绷的青衫

2023 年

蝌　　蚪

在幕阜山瓦棚村
路边一个海碗大小的浅水凼里
有一群蟾蜍的蝌蚪在游动

黑黑的大头，细线一样的尾巴
就像一个个被拉直的逗号

它们将在路边这汪清冷的水中
长到直至可自如地离开

想到它们自由摆动的尾巴
有一天会消失，而生出在人间
爬行的脚蹼，我怀疑它们

对长大是充满恐惧的
水凼再小，自由也可延伸其边界

而随着长大，它们看到的这个世界
将会变得越来越逼仄

它们将不得不匍匐在上面，开始即将被
当作天鹅陪衬的、屈辱的一生

2023 年

在 湖 边

晚风从湖面轻轻吹过来
明月正把湖水从黑暗深处捞出

沙滩上不愿睡去的男女
在沙雕城堡的迷宫中走来走去

我在城堡外，拎着酒瓶
坐在一棵倒在沙滩的老垂柳上
我是众人中的少数和个别

即时欢娱，永远孤寂

我是孤独的垂柳,也是缄默的湖水

我拎着的酒瓶涌动着
大海潮湿的气息如潮汐,里面
晃荡着一枚生锈的月亮

2023 年

黑暗中总是一颗星点亮满天星

我从小就拥有一个小小的木盒
是我见过的最小的棺木
是替我准备的
那时候的我瘦小、怕黑
尤其怕受风寒,他总是
担心黄昏的一阵风就会把我吹走
最终却是他走在了我前面
他是为你折寿的
他走的那个冬天亲戚们
都在私底下议论,那时
我已经长大,不再瘦小、怕黑
才开始懂得和理解他说

即使黑暗深不见底,光
也有它的蛛丝马迹,才
开始懂得理解他走的那年夏天
我陪他在林场避暑
当一颗流星从天空划过
他突然提起那个小木盒
说没什么是永远幽闭的,黑暗中
总是一颗星点亮满天星

2023 年

风　　筝

朝阳像一把金簪斜插在江滩公园上
无边春色中你选择在海棠花下
读狄金森,也读
草地上谦顺的铃兰和妖冶的风信子
更多的樱花树刚刚冒出花骨朵儿
你看到一位母亲带着
一个少年在草地上放风筝,两双手
紧握着一根细细的线
一边放一边收,但都不敢完全松开

你想起多年前的一幕
也是在这里,母亲带你放风筝
风筝在突如其来的雨中挣脱了手中的线
像一片巨大的树叶挂在树梢
你沮丧地站在雨中,不肯随着母亲
去旁边的亭子里躲雨
母亲指着树上说,一只断线的风筝
只要它没有失去翅膀
总有乘风扶摇而上的时日
希望就是物长着羽毛寄居在灵魂里①
那时你还不知道狄金森,只是似懂非懂地
一个人站在那里看亭前落英缤纷

2024 年

在老家祠堂

每个人一生都在等一个人,像
夏夜山谷中的萤火等待头顶上的皓月
借以在黑暗中彼此照亮

---

① 希望就是物长着羽毛寄居在灵魂里,狄金森的诗句。

这不对等的等，就是世界恒在的等式

就像晚风穿过苍凉的夜空
祠堂里早已没有琅琅书声和你明亮的眼
但声音和光还会在那重现

四十年，我们都老了，祠堂前的小河
仍在无所阻拦地滚滚向前

水边的流萤在月下将它变成
一帧可储存的画，我们知道风景背后
都藏着一个贫穷少年的倔强

而河水跑着跑着就浑浊不堪
像祠堂一样，它好像永远知道又永不在乎
自己终将被汪洋吞噬的命运

2024 年

观看一则山火视频

收到一则视频，老家山上

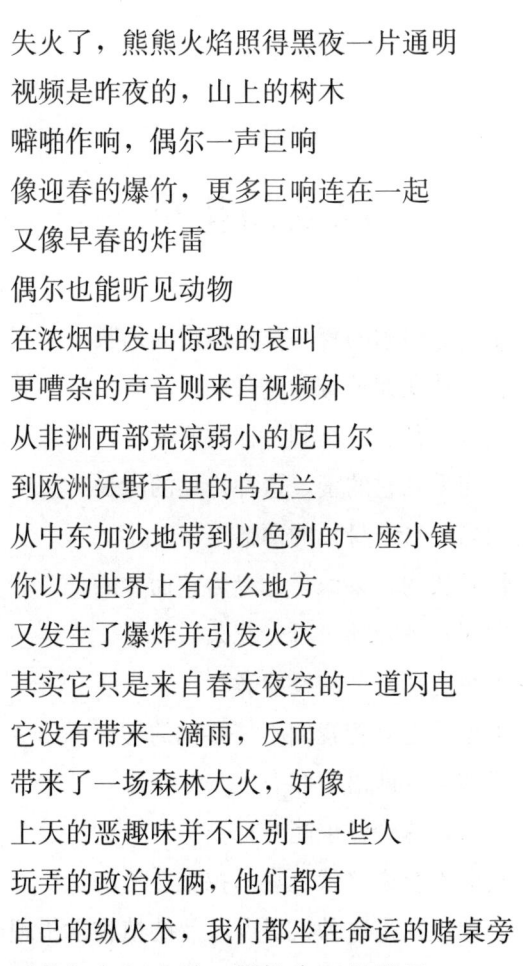

失火了,熊熊火焰照得黑夜一片通明
视频是昨夜的,山上的树木
噼啪作响,偶尔一声巨响
像迎春的爆竹,更多巨响连在一起
又像早春的炸雷
偶尔也能听见动物
在浓烟中发出惊恐的哀叫
更嘈杂的声音则来自视频外
从非洲西部荒凉弱小的尼日尔
到欧洲沃野千里的乌克兰
从中东加沙地带到以色列的一座小镇
你以为世界上有什么地方
又发生了爆炸并引发火灾
其实它只是来自春天夜空的一道闪电
它没有带来一滴雨,反而
带来了一场森林大火,好像
上天的恶趣味并不区别于一些人
玩弄的政治伎俩,他们都有
自己的纵火术,我们都坐在命运的赌桌旁
看他们各怀鬼胎,抛掷命运的骰子

2024 年

高处的花草

靠近尼泊尔的喜马拉雅山南面山腰
有一种状如长号的花朵
只有一种喙像长刺一样的蜂虻
才能采到它的蜜,这种蜂虻的喙长
相当于自己身长的两倍
长号状的花朵似乎是专为它而生的
山间各种蜂蝶飞舞,花朵居然
也在选择自己的授粉者
可见花也有着我们不易察觉的理性——
身体本身即语言和态度
如果长喙蜂虻也能开口
它会不会说这就是喜马拉雅花草的
伦理:正是这种人类所不及的植物学伦理
使我们看到神秘高原神性的部分

2024 年

黄龙山上的细流

一条河流有着自己的命和运
但它一定是隐忍的
修水、隽水和汨罗江都发源于这里
但在最高处只看到
一条细流在山坡上命悬一线
一条河流的出身竟是
如此卑微,它寂寞地成长,要
穿越多少荆棘和缝隙才有他日之势
每一条河流的幼年
都有失去父母的苦和痛
三条流水从此就是失散的三兄弟
为各自前程奔波,再无交汇
如果它们能够回头,看见
在出生和永逝的时间两极
沧海茫茫何如一个人在山中孤独地突进
有朝一日它们会不会懊悔走得太远
再也回不到原来的自己

2024 年

路过一座废旧矿石坑

石头都是刚烈的，但那些可以弯曲的
金属都是从石头中提炼出来的
矿石坑已见不到矿石，只有一座黑石
危垒的乱石岗，据说它们都是
来自矿地表层无用的废石，不含任何可利用的
矿物质成分——可见一块石头的
刚烈是何其悲哀和不幸：因身藏矿物
它像一枚炸弹，随时有可能被引爆
导致自己粉身碎骨，而当身无所藏，又
要接受被遗弃的命运

2024 年

静止的时间

结冰的道路，空转的轮胎，过于平滑的道路

需要一根铁链,但打滑的不只是车辆
还有生活——有人从护栏外的雪地
拣来枯枝生火,有人跺着脚在车辆的长阵里
穿来穿去,也有人忙着拍照、拍视频
发抖音,在他们的镜头里,时间都被按下暂停键
快要在望不到尽头的茫茫冰雪中消失

2024 年

给你一朵蒲公英

一朵蒲公英使劲长,没有等来你嘟起嘴巴
把它吹向空中,就自己乘着风去找你
它把自己化成无数个小小的
飞行器,越过千山万水,在这个春天
在你风餐露宿的每一个地方长成它原来的样子

2024 年

惊 蛰 日

河水涨起来了,迎春花把枝头搭在水面上
银莲和铃兰从潮湿的地下钻出地面
背阴处的石块也在积攒力气,一点点驱赶着
自己身上仍然不肯融化的雪粒

2024 年

烛焰和轻烟

男人正在堂屋的神龛上给父亲点蜡烛
小儿子像一阵风从门外吹来
爸爸,爷爷回来了,提着一篮甜柿子
男人回过头,身子一阵战栗
堂屋外面的路上连一个人影也没有
而当他回转头,烛焰却不知
何时已熄灭,只剩下一缕轻烟正向门外飘去

那烟聚而不散，飘得缓慢而从容

2024 年

年夜火塘

在幕阜山，每个人记忆中都有
一座除夕的火塘
在时光的开端，也在时光的尽头
年夜废眠的青年
在晚会中看到春天正提前盛装
进入一个新时代
中年人在烟花中
想起海日生残夜，江春入旧年
风在黑暗中鼓满远航的帆
有人乘着梦的舟楫看见了辽阔的大海
只有一位少年郎
偎在火塘边听年迈的祖母
讲那些古老的故事
讲从前的兵荒马乱中，幕阜山如何
荫庇着亲人们的安宁和周全

2024 年

冻　雨

这是入冬以来最寒冷的时日
时序已立春
但时序不是秩序,似乎
所有的改变都必须经过上天的裁决
因此我们看见大地上
最真实也最虚假的一幕
所有被冻雨冻结
雕刻、塑造的事物
在阳光之下都显得晶莹剔透
像一件件完美的艺术品
只有困在里面的事物自己知道,它们
已呼吸困难,且动弹不得

2024 年

在他乡的山上

天空晴朗,他从云朵里牵出一匹马
又从云朵里牵出一只羊
这难得的蓝天使他想起早年的故乡
想起十二岁走出的山口
三十岁时遭遇的风浪
想起在命运的谷底像蓬草一样漂泊无定
在孤寒处又像一把钝刀
磨不出它锋利的刃
唉,一个人
在他乡的山上,既不能
俯瞰生活,也不能被生活所景仰
这多么令人悲哀和沮丧
如果他在看见白云幻化出母亲曾
放养的各种牲畜后,把自己像一只风筝轻轻
放上天空,这是否也算幸福的一种

2024 年

读西西弗斯

在新年读一本旧书，选择活下去的
意义和理由，在惩罚
和自我救赎之间
反抗者如何把自己反掉其实
是个两难的选择
它的危险性在于他可能站在
他曾极力反对的队列
而不是更接近神
不再被外物所役使的人，不再
推滚石上山，但他却阴险地躲藏在文字中
看我们一遍遍重蹈他的覆辙

2024 年

日照山林

阳光迷蒙穿过枝丫，你会发现阳光

其实有可能是弯曲的
背阴处的雪还未融化
松树上的枯枝还悬挂着闪亮的冰凌
想想人的一生中
总是一些闪亮的东西
在高处引诱着我们一头扎进去
这与树上晶莹的冰凌
是何其的相似,仿佛少年时代
一束理想的光将我们诱往生活的丛林
那弯弯曲曲的光线令人迷醉

2024 年

回到旧屋

我有一座旧屋,只剩下破败的命运
有水缸、灶台,但家不在里面
有木马、竹摇椅,但天伦已无影踪
十多年来,我经常梦见
逝去的亲人在里面进出,有时
是父亲,有时是幼年就离开的大弟
只有四年前辞世的母亲

从没离开过那里：像从前一样
不是一个人在厨房生火煮饭，就是一个人
坐在傍晚的门前就着天光缝缝补补

2024 年

同　　怀

王安石接到苏轼的手帖，颤颤巍巍
迎到江边的小路上
一千年前的南京紫金山
该有多干净——我想
那一定是一个有风的下午，阳光
从云层漏下，一定有点潮湿
江水汤汤，两个政见不同
但在文字中交过命
且劫波渡尽的人又把双手紧紧地握在一起
那个下午的天空也一定在微微地颤动

2024 年

石　　碑

寒风中我们抬着石碑,它的重量
已被上面的名字加重
熟悉的山路,脚印叠着脚印
只有落叶像飞鸟无痕
却把一座无名土丘从树林中找出
石碑卸下的瞬间,我们心中
那块石头瞬间也开始
像云朵从这座山峰飘向另外一座山峰
父亲,原谅我多年后才给你
立这样一块石碑,你
曾经渴望的香火已得到延续
那上面陌生的名字之后还将被添加
隔着无数生和死,那
永生的和终将被遗忘的,请允许我
用这样一块石碑默存和铭记

2024 年

黄昏的河面

夕阳照在秋天的河面上,粼粼波光
闪烁着时间流逝的痕迹
鸟群在密密匝匝的芦苇丛中出没
有时集体没入芦苇丛,像在归巢
有时集体急速飞起
像一片乌云在落日的余晖中翻涌
我们坐在堤坝上,黄昏河面涌起的雾霭
有时如牛羊在河岸行走
有时又如马群在尘土中奔腾
就像我们早年梦中所见
当一条河的真实性被遮蔽,它幻化出的
虚假之物反而显出逼真的形状

2024 年

在三峡人家

在西陵峡口槭树冷艳的暗红里
一列蚂蚁正在快速划动着它们纤细的腿
往上是斜坡,是更冷冽的高处
往下是风吹动的江面和江面上
如蚂蚁涌动的旋子
在江流平缓的浅湾处
一群人正用船帆模拟三峡渔民
从前的生活,远远望去,他们亦如蚂蚁
在甲板上穿行——无数这样的
奔波瞬间连缀的一生,不知他们是否
知道:我们不过是更换了妆容
和作业场所,与这些蚂蚁和渔民一样
我们也一直疾行于生活中的各种大道幽径
并艰难地和命运的狂风急浪相搏击

2024 年

火　　花

回到南江河上游，曾经宽阔的河面
只剩下卵石遍布的河底
黑暗中，我们用两块石头相互敲打
但闻两块硬骨铮铮作响
它们溅出的火花把南江河从夜雾中捞了出来
如一杆秤的秤星正在指示着河流的重量

2024 年

大幕山访樱花不遇

到处都是被冻雨压折的树木
樱花树上花苞初结，如众多正在发育的少女
一条溪水伴着山路蜿蜒涌动

2024 年

老瓦山雨后

阳光从树杈间照射过来,像一根根细针
空气中看不到一颗悬浮颗粒
唯母亲坟前的一缕青烟仍在不断
向我们离开的方向飘动,唯
昨夜雨水洗碧的群山推开一扇更富远见的窗

2024 年

春天小镇的夜晚

夜风凉爽,我从没觉得
春天小镇的夜晚是如此安静、闲适
风从幕阜山顶一直吹到
街边一家小酒馆的门口
昏黄的灯光,手挽着手的甜蜜情侣
消失在小镇尽头的青石板路上
酒馆门前独酌的中年男人的背影

它们就像一首小诗
被题写在一幅写意山水画中
那里面黑暗和光明二分着世界，有
人间烟火，但没有市声鼎沸
显示出素朴的中和之美

2024 年

乡下的苍蝇

出于简约的审美趣味，我们
从不让任何一只苍蝇
出现在任何花团锦簇的画面中
但在我的家乡幕阜山
苍蝇总是伴着飞舞的蜂蝶出现在花丛中
在充满激素气息的原野上
它们有时在油菜花田里
有时在丛生有紫云英的洼地里
有时伴着山上的杜鹃
有时跟着蜜蜂到高高的泡桐树梢
看紫红色的泡桐花串
我必须说，在我家乡
一只苍蝇并非天生是逐臭的

它也有着对芳香的向往和一颗爱美之心

2024 年

在咸宁仙鹤湖

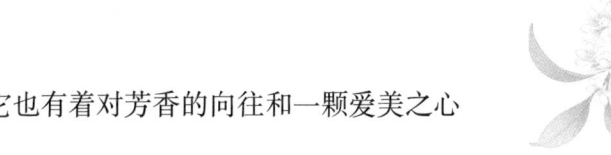

仙鹤湖不大,湖中野鸭多过天空飞鸟
仙鹤不在湖面也不在湖岸边
而是被圈养在草地上
骄傲的丹顶鹤和柔顺的蓑羽鹤在一起
彼此都相形见绌
遗憾的是它们的背后没有遒劲的松树
不能完美呈现松鹤延年画意
多年以后我们可能消失,但鹤一定还在
有人以湖水为背景和鹤合影
他的感慨使鹤像一个深度意象从湖水
升向高远阴沉的天空
让人突然想到诗人陈先发说养鹤问题
其实是养气问题——想起
在这个不断被虚拟的时代,我们是否还有
能力保持与自然、与一只鹤的共情

2024 年

如雪的月光

母亲离开的那年夏天,村庄前荷花正开
半夜月光爬上窗户,母亲
从昏睡中睁开眼,说窗外雪真美
她已有很多年没见过下雪
刚刚还梦见父亲背着柴薪行走在雪地里
这么多年过去了,我知道夏夜月辉
不会变成积雪的冷光,但
进入夏天,我时常满身汗液地
从夜半醒来,看见一场大雪在心中纷纷扬扬

2024 年

太 阳 雨

雨下得并不大,阳光仍然在照耀
并有着螫人的尖刺

我和儿子走在雨中
刚刚还在发蔫的草木们
不知何时已挺直了身子，那些耷拉着的花朵
也重新打开花瓣，露出了杏黄的蕊

2024 年

在黄陂曾卓纪念馆

没有我不肯坐的火车，不管它往哪儿开
十七岁凝望的长途车站、港口
七十岁怀抱的理想和相濡以沫的爱情
你把自己送往火热的远方，又
从远方把自己找回，停在美丽的花乡茶谷
在生命的绽放和凋零之间，像
一首诗停在美的理式和它的寂静中

2024 年

风车的筛子

风车转动,吹走草屑和干瘪的壳,只留下
饱满的谷粒,因此有人说风车
就是另一种形式的筛子
有形的或无形的
这世上总是一种东西在筛除
另一种东西,就像劳动筛除懒惰
勤俭筛除奢靡,婚姻和家庭筛除孤单寂寞
又说自私和贪婪是一种风车
它筛除宽厚和廉明,耕种不尽的土地也是
风车,它筛除自由的迁徙,衰老
也如一架老风车,筛除一个中年男人的气力
就像在风车的岁月里,贫穷
如筛子筛除了我们的体面和尊严
但事实上它只是一架自然的风车
一架有可抓住的把柄和可调控风力的风车
一架能分出轻浮和沉稳之物的风车

2024 年